Jaromir Konecny

—

ZURÜCK *nach* EVROPA

Erzählungen

—

ARIEL-VERLAG

Zum Autor

Jaromir Konecny, geboren 1956 in Prag. Zwei Jahre Gastarbeiter in Libyen. Arbeiter in einer Stahlhütte in Ostrava. Schiffsmeister an der tschechischen Elbe-Schiffahrt. 1982 Emigration nach Westdeutschland. Ein Jahr Sammellager in Niederbayern. Diverse Jobs. Studium der Chemie an der TU-München. Promotion über die Entstehung des genetischen Codes. Zwischen 1982 und 1992 keine literarische Zeile geschrieben. Seit 1993 wieder dabei. Veröffentlichungen in Literaturzeitschriften und Zeitungen. Fritz-Hüser-Preis 1995 (Werkkreis Literatur der Arbeitswelt). Gewinner einiger Literatur-Slams in München.

Jaromir Konecny: Zurück nach Europa
ISBN 978-3-930148-10-3
© Ariel-Verlag 1996
Reprint der Originalauflage
Umschlaggestaltung: Libor Beránek
Satz: Isabel Rox

www.ariel-verlag.de

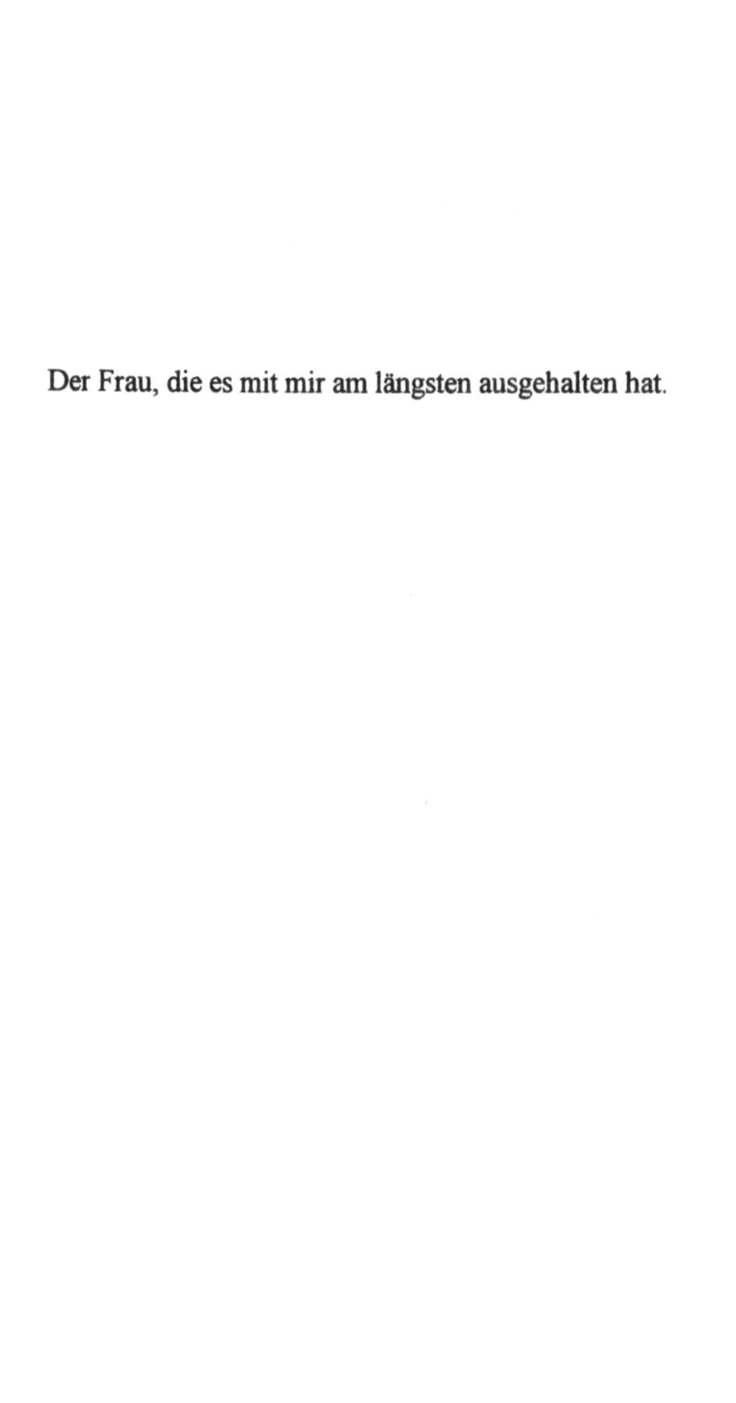

Der Frau, die es mit mir am längsten ausgehalten hat.

Jeder wußte, wer ich war und was ich machte, sowie er mich kommen roch. Schriftsteller sein war keine Genugtuung. Im Bus wurde ich sofort erkannt und im Kino ebenso. Das ist einer von den Jungs aus der Fischfabrik. ...
Ich legte ein Gelübde ab: Wenn ich je genug Geld habe, kaufe ich die Soyo Fish Company, feiere eine Nacht lang ein Fest wie das am vierten Juli und lege am Morgen alles in Schutt und Asche.

John Fante, *Sein Weg nach Los Angeles*

Die erste Liebe

Ich war achtzehn, als ich meine erste Liebe traf. Sie war schön. Hana stammte aus einem Nachbardorf - aus einem dieser kilometerlangen Dörfer, dessen Häuser sich um eine Landstraße drängen, als ob sie Angst hätten, zu weit vom Leben abzurücken. Asphalt und Motorengestank. Traktoren und Mähdrescher. Doch hin und wieder konntest du aus dem Fenster noch einen Pferdewagen vorbeifahren sehen. Sozialistische Landwirtschaft halt. Mähren auf dem Weg zum Kommunismus.

Unser Städtchen dagegen war hübsch: Wir hatten drei Hauptstraßen, eine Kirche, einen Stadtplatz und sogar eine Konditorei und einen Kuhstall groß wie ein Fußballplatz. Fast eine Großstadt. Na, ja, unser Fußballplatz war wieder klein wie ein Kuhstall, doch dafür gab es in unserem Ort viel Kultur: Jeden Samstag stieg im Restaurant 'Bei der Erdachse' eine Tanzparty. Und dort zeigte mir mein Freund Bibi das Mädchen. Sie saß in einer Ecke des Saals und nippte an ihrem Rotwein. Ein hübscher Kopf mit langen braunen Locken. Das Mädchen schüttelte ihn, als ein Tropfen des Roten auf ihr weißes Hemd tropfte. Kein Ärger, nur eine belustigte Miene über die eigene Ungeschicklichkeit. Trotz ihres... auffälligen Gesichts verlor sie sich fast hinter dem großen Tisch, der das Auge verführte: Eine Freilichtbühne mit Wein. Alle ihre Leute tanzten. Sie rümpfte ihre kleine Nase und nippte noch einmal an dem Glas. Diesmal leckte sie den Glasrand mit der Zungenspitze ab. Schlaues Mädchen.

"Mensch, so 'ne hübsche Tussi und allein!.. Die hole ich mir", sagte Bibi und marschierte los.

Ich packte ihn an der Schulter. "Mann, spinnst Du? Das ist doch Dadys Freundin!"

Dady war der berüchtigste Kleiderschrank der Umgebung,

ein Kneipenschläger, ein Killer. Achtzehnjährige Jungs wie uns verdrosch er mit einem erstaunlichen Enthusiasmus. Einen Grund fand er immer: "He, warum grinste mich so blöde an, du Schwuchtl?" brüllte er meistens. Sonst redete er nicht viel.

"Ach du Scheiße!" sagte Bibi. "Mein junges Leben wär ein zu hoher Preis für einen Tanz mit 'ner hübschen Tussi. Ich hole mir lieber ein Bier." Er drängte sich zum Ausschank.

"Genau, bring mir auch eins."

Da war keine Zeit mehr zu verlieren: "Darf ich bitten?"

"Danke, heute nicht, ich bin sooo müde!"

"Dagegen gibt es nur den Hulariki. Diesen Tanz tanzen die Komanschen, wenn sie besonders müde sind. Nach zwei, drei Minuten des Hulariki fühlst du dich wie neugeboren. Hulariki ist der ultimative Entspannungstanz. Komm schon, ich bring dir das Tanzen bei."

"Wirklich? Kein Schmarrn?"

"Reine Wahrheit. Schau mal." Ich führte gleich neben dem Tisch ein paar Schritte vor, die ich mir Tags zuvor mit Bibi ausgeklügelt hatte. Olivia Newton-John wäre sicher nur mäßig begeistert von der Kreation - ich war ja nicht John Travolta -, doch das Mädchen am Tisch lachte.

"Na, gut, aber nur wenn du mir versprichst, mir nicht die Füße zu zertrampeln."

"Ich schwör's."

Hmm, hmm, wo hat sie denn das gelernt? Nach ein paar Minuten tanzte sie Hulariki besser als ich und entwickelte sogar ein paar Zusatzschnörkel. Kein Wunder, daß Männer solche Tanzmuffel sind - bei so viel Tanzbegabung beim anderen Geschlecht.

Die Lichter im Saal gingen aus. Nur die Bühne blieb beleuchtet. Als Bibi mit den zwei Krügen erschien, imitierte Jary Pupek von der Band *Votruba* mit Inbrunst Ian Gillans Stimme. Wir hingen aneinander wie alte Bekannte, und *Child in Time* wiegte mich in meine pubertären Phantasien. Soll ich sie küssen oder nicht? Jetzt! Nein, nein... noch nicht! Auch meine Hände wollten und konnten nicht. Rutsch etwas tiefer, du blöde Hand! Doch die Hand hatte sich in der klassischen Stellung an ihrer Taille verkrampft - wollte mir nicht gehorchen. War ich bescheuert? So werde ich bis zur Rente eine Jungfrau bleiben!.. Und das noch mit achtzehn! Nach dem Prahlen meiner Freunde zu urteilen, war ich der unberührteste Junge weit und breit. Die einzige Jungfrau im Dorf. Habe bis dahin nicht mal eine winzigkleine Titte zu fassen bekommen. Wenn die anderen Freunde sagten, "ach, diese Muschi, so was von langweilig!", knirschte ich mit den Zähnen vor Neid. Ja, ich haßte diese Arschlöcher! Sollte mir einmal eine Möse unterkommen, werde ich mich an sie heranmachen und mich nicht mehr verscheuchen lassen! Ich werde über die Muschi kein schlechtes Wort sagen! Nie im Leben! Das schwor ich mir. Warum trottele gerade ich so allein vor mich hin? Das fragte ich mich ständig. Hatte zwar vor achtzehn Jahren eine Zeitlang an den Nippeln geknabbert, aber das war schon so verdammt lange her, daß ich mich daran nicht mehr erinnern konnte. Dabei hatte mir damals das Leben so viel versprochen: Lutschen und saugen und schlafen...

Bibi drängte sich an uns vorbei zu unserem Tisch und zischte mir ins Ohr: "Du Hund!" Das baute mein Selbstbewußtsein wieder etwas auf.

Hana und ich besuchten eine Menge Tanzveranstaltungen zusammen. Mein Kopf wurde langsam zu einer Grübelgrube... Gingen wir schon miteinander? Wann sollte ich sie fragen? Ach, je! Warum ist das Leben eines Mannes so kompliziert? Meine Jungfräulichkeit schien mir eine unüberwindliche Hürde zu sein. Wo die anderen Jungs weiter ihre wilden Geschichten erzählten. Jeder von ihnen ein kleiner Herzensbrecher. Nur ich,.. so eine Null! Wie soll ich's mit Hana treiben, wenn ich's nicht mal schaffe, sie an der Hand zu nehmen? Na, ja... Sie ließ mir auch nicht viel Gelegenheit dazu. Gleich nach dem Tanzspaß fuhr sie ihr Bruder in seinem Skoda nach Hause. Kurz davor immer das blöde Ritual, *the short Goodbye*: Ich, Trottel, vor dem Restaurant stehend. Kein Kuß, nur ein Händedruck. Winke, Winke...

Dann stand ich allein da, im Kopf eine Gebetsmühle: Ist so was normal? Heutzutage, wo doch jeder rammelt, als ob uns nächste Woche ein Komet auslöschen sollte? Wann werde ich dich endlich küssen, Hana? Wann werde ich deine Brüste in die Hand nehmen?.. Lauter offene Fragen. Mensch, handle endlich! Pack's an, bevor Hana Großmutter ohne Enkel wird. Wie aber? Wie?

Und dann brütete ich mir endlich eine tolle Strategie aus: Das Wichtigste zuerst! Ja! Ich werde das Mädchen in eine erotische Stimmung versetzen! Wenn sie erst willenlos ist, werde ich den Rest schon irgendwie hinkriegen. Wie macht man eine Frau aber willenlos?

"Wollen wir uns zusammen im Kino *Angelique, die Marquise der Engel* anschauen?" fragte ich sie bei der nächsten Tanzveranstaltung.

"Oh, ja!" sagte sie, "der Film soll sehr romantisch sein." Romantisch? Ach, du Ahnungslose! Warte nur, bis ich dir im Kino das pralle Leben zeige. Mann, oh, Mann! Dann war ja alles klar. Eine geniale Wahl, dieser Film! Nicht nur die nach Lust lechzende Angelique sollte Hana in die Raserei versetzen, auch das Dunkel des Kinos und die Plüschsessel würden uns dazu verführen, ein paar Wahnsinnstaten zu begehen. Dachte ich mir. Hana dämpfte etwas meine Freude, als sie mich fragte, ob wir danach mit ihren Eltern in einem Restaurant essen könnten: "Sie möchten dich auch kennenlernen."

Hmm, hmm... Warum mußt du das Scheißglück immer mit jemandem teilen? Macht nichts. Der Film dauert doch zwei Stunden. Danach werde ich ihre Eltern begrüßen: Hallo Mami, hallo Papi...

Hana sah mich an, machte die Lippen auf und dann gleich zu. Nur raus, mit der Sprache, Mädchen!

Sie sagte: "Kannst du dir, bitte, für das Essen etwas anderes anziehen als diese zerschlissenen Jeans. Weißt du, mein Vater... er ist wirklich super, nur etwas konservativ."

Ich versprach ihr alles. Da war mir kein Opfer groß genug.

Und dann kam endlich dieser Tag, der in die Geschichte meines Geschlechtslebens eingehen würde: Ich sollte sie endlich an der Hand fassen! Was, wenn da noch mehr kommt? Junge, Junge, da kann doch ALLES passieren!

Das Kino lag in Ostrava, unserer Kreisstadt, wo ich auch das Gymnasium besuchte. Nach der Schule ging ich mit ein paar Freunden in die Kneipe, und kurz vor siebzehn Uhr tanzte ich vor dem Kinogebäude an in meiner grauen Anzugshose und einem hellblauen Pulli - bis auf mein langes Haar konnte man mich glatt in ein Schaufenster stecken: Ein Junge aus der besten Arbeiterfamilie. Und sie?.. Sie war so schön, daß ihr nicht mal ihr braunes Kostümkleid schadete. Trägt ihre Mutter die gleiche Größe wie sie? Na, ja, vielleicht war ihr die Bluse doch eine Nummer zu groß, vor allem um die Brüste herum. Auf jeden Fall würden meine Hände genug Platz darunter haben...

Sie hob sich auf die Fußspitzen und verpaßte mir einen Kuß auf die linke Backe. Eine kleine Belohnung für meine Aufmachung. Der erste Kuß. Bis jetzt hat mich nur meine Schwester geküßt,.. und meine Mutter. Mein Vater küßte mich nur mit einem Elektrokabel. Die Holzlöffel waren ihm zu schade. Ich war eindeutig ein Muttersöhnchen. Aber das gehört nicht hierher... Zurück zu Hana.

Wir sanken in die Polster, das Licht ging aus und bald marschierte Geoffrey de Peyrac über die Leinwand. Jetzt oder nie, Mann! Faß sie an der Hand! In meinem Hirn brodelten Wünsche und Verwünschungen. Der Film lief an mir vorbei wie eine Landschaft - als ob ich im Bus gesessen hätte und nicht im Kino. Das Tempo meiner Verführungsversuche irrsinnig. Nur das Ende der Fahrt nicht abzusehen. Keine Zeit also, diese hübschen Französinnen auf der Leinwand zu bewundern. Meine Hand machte mehrere Anläufe, um sich jedesmal wieder kurz vor dem Ziel zurückzuziehen. Ganz zittrig wurde ich von dem Streß. Warum hat mich meine Mutter nur so schüchtern geboren? Mann, zeig, daß du ein Mann bist! Doch den Vollkontakt schaffte ich nicht. Ein paar Millimeter dicke Luftbarriere trennte unsere Hände. Unüberwindbar! Die Luft dort knisterte von der elektrischen Ladung. Mit dem so produzierten Ozon konnten wir

das Ozonloch stopfen... (Entschuldigung - damals gab's so
was gar nicht, wir waren ja in den Siebzigern.) Die Härchen
auf unseren Händen richteten sich vor lauter Spannung auf.
Ja, da kitzelte mich etwas, doch die letzte Hürde überwand
ich nicht. Während sich der Film von Höhepunkt zu Höhepunkt abspulte, während Angelique und Geoffrey schon an
die hundert Nummern geschoben haben mußten, wurde
meine Verfassung langsam zu einem Trauerspiel.

Irgendwann fing ich an, aus Verzweiflung den Film zu
verfolgen. Nur mein Ständer verlor die Hoffnung nicht.
Hanas Nähe und meine Phantasien hatten meinen Pimmel
schon eine dreiviertel Stunde zuvor in Alarmbereitschaft
versetzt. Er blieb weiterhin in einer Habt-Acht-Stellung. Der
wird nicht so bald klein beigeben, der Verzweiflungstäter.
Schon die Hälfte des Films hinter uns. Geoffrey de Peyrac
beugte gerade sein narbiges Gesicht über die willenlose
Angelique, da packte mich Hana selbst an der Hand. Seitdem
liebe ich die Franzosen.

Unsere Finger tauchten in wahre Orgien ein. Die Berüh-
rungen setzten in mir alle möglichen Aufputschstoffe frei.
Das Zeug schoß durch mein Blut, durch meine Nervenbah-
nen, das Hirn erschauerte von Zeit zu Zeit vor Wonne, und
mein Penis glühte und pulste wie der Oklo-Reaktor. Als sie
anfing, mich mit ihrem Zeigefinger auf der Handfläche zu
kitzeln, konnte ich es nicht mehr zurückhalten und schoß die
ganze Ladung in meine feine Hose. Was soll's!

"Aaah", stieß ich hervor, so daß Angelique erschrocken
einen Blick zu uns herüberwarf.

Hana fragte besorgt: "Geht's dir gut?"

Ja, Mädchen! Mir geht's wunderbar. Ich flute nur ein bißchen über... "Aaa... aaa... aaalles klar", stöhnte ich.

Danach spielten meine Finger mit den ihren dezenter - ein
Nachspiel! Doch meine Kopfhaut juckte vor Euphorie. Den
wichtigsten Schritt haben wir getan, da wird's das nächste
Mal bei uns im Wald ein Kinderspiel sein, auch an die Muschi
heranzukommen. Dann werden wir zusammen glücklich
leben, bis daß der Tod uns scheidet. Waren es keine rosigen

Zukunftsaussichten?

Wir verließen den Kinosaal und gingen durchs Foyer zum Ausgang. Ich trottete hinter ihr her, wollte mir eine Zigarette anstecken. Schweben und rauchen... Wahnsinn! Ich fischte die Startka-Schachtel aus meiner rechten Hosentasche. Hana winkte jemandem mit der Hand zu. Ich guckte über ihre Schulter: Draußen vor dem Ausgang wartete ein etwa fünfzigjähriges Paar. Beide ausstaffiert wie für eine Sitzung des Zentralkommittees. Der Alte trug sogar eine rote Krawatte. Ein alter Kommunist, genau wie mein Vater. Worüber werde ich mit diesem alten Knacker reden? Als ich in die linke Hosentasche griff - nach meinem Feuerzeug, holte mich endlich die junge Vergangenheit ein. Die Sonne vom Ausgang beleuchtete das Foyer. Ach, du Scheiße! Der Anblick meiner grauen Hose trieb meine Freude in einem Sauseschritt davon: Über das ganze linke Hosenbein breitete sich das Zeugnis meiner Ausschweifung aus. Eine richtige Spermahose... Jessesmaria! Hana schritt schon durch den Ausgang. "Hallo, Vatti!"

Ich zögerte keine Sekunde mehr, riß mir den dicken Pullover herunter und hielt ihn vor den Fleck. Leider hatte ich wieder nicht auf den guten Ratschlag meiner Mutter gehört. Unter dem Pulli trug ich nicht mal ein winziges T-Shirt. So schritt ich oben ohne, mit der linken Hand den Pulli vor die verdammte Hose haltend, auf den fremden Mann zu und reichte ihm meine Rechte.

"Grüß Gott", grüßte ich den Genossen. Zu allem Überfluß erschütterte mich eine Sekunde später ein hysterischer Lachkrampf, als eine spöttelnde Stimme in meinem Kopf sagte: "Na, gottseidank trägst du deinen Schwanz im linken Hosenbein, sonst wäre jetzt der Fleck rechts, und du müßtest dem Arschloch deine linke Hand geben."

"Ehre der Arbeit", antwortete der Vater und musterte mich.

"Das ist Roman", sagte Hana und deutete mit der Hand auf mich zu.

Wollte sie meine Gänsehaut streicheln? Mein Anblick

verschlug ihr aber die Sprache, sie sagte nichts mehr.

"Ist Ihnen nicht kalt?" fragte die Mutter.

Klar ist mir kalt, du blöde Sau, wollte ich schreien, aber sagte nur: "Nein, nein, ich muß mich abhärten... Ich... ich trainiere für das Winterschwimmen in der eingefrorenen Moldau."

"Na, wenn das so ist...", sagte der Vater. "Gehen wir ins Restaurant!" Ich und Hana schlenderten hinter ihnen her. Sie flüsterte mir zu: "Um Gottes Willen! Zieh dich an!"

Ich lächelte nur blöde.

Als mir aber einfiel, was auf mich noch alles zukommen würde, wie ich all die dummen Blicke der Kellner werde ertragen müssen in dem noblen Restaurant, platzten mir die Nerven. Mit dem Ruf, "da kommt meine Straßenbahn!", haute ich ab. Aus dem Fenster der Tram sah ich noch, wie sie mir alle drei verdutzt nachguckten. Das Ende meiner ersten Liebe. Mir war zum Heulen zumute.

Erstaunlicherweise ist Hana auch bei der nächsten Tanzparty erschienen. Mit keinem einzigen Wort erwähnte sie diesen Vorfall. Ein wunderbares Mädchen! Und was noch besser war: Diesmal hatte sie den Bruder nicht dabei. Oh, du gütiges Schicksal: Sie wird die sechs Kilometer zu Fuß nach Hause gehen müssen. Und ich werde sie begleiten. Da war Vorbereitung vonnöten: Ich trank mir zwischen den Songs mächtig den Mut an. Als wir nach Mitternacht losmarschierten, fühlte ich mich wie die erste Reinkarnation von James Dean. Heute werde ich dir deine Unschuld rauben, Mädchen!

Wir schlenderten händehaltend die Asphaltstraße entlang, bis von unserem Städtchen nur noch die enge Landstraße übrigblieb. An der letzten Bushaltestelle vor ihrem Dorf fragte ich sie: "Wollen wir uns ein bißchen hinhocken?"

"Warum nicht?" sagte sie. Wenn sie nur ahnte...

Auf der Bank der Busstation zögerte ich nicht mehr. Die Promille verliehen mir eine Menge Spontaneität. Bah, sie küßte mich, bis ich ganz kribblig wurde. Auch meine Hände ruhten nicht. Und sie spielte mit, obwohl ich mit dem BH-

Verschluß auf ihrem Rücken übermäßig lange kämpfen mußte - an die fünf Minuten. Scheißding! Sie kicherte nur die ganze Zeit. Ganz verwirrt fragte ich sie: "Verdammt noch mal, was ist das für ein Patent?" Jetzt lachte sie laut auf, griff unter ihre Bluse, und knöpfte den BH vorne auf - zwischen ihren Brüsten. Daß es diese Verschlüsse auch vorne geben muß! Warum hat mich keiner meiner Freunde vorgewarnt?

Wir küßten uns weiter, und ich streichelte die Dinger, die die Mädchen vor mir bis jetzt versteckt gehalten hatten. Was würde heute noch passieren? Nicht, daß ich zu wenig Spaß mit ihrem Busen und ihrer Zunge hätte..., doch irgendein Trieb in mir trieb mich unerbittlich zu noch waaghalsigeren Taten. Jetzt oder nie! Meine Hand huschte in ihren Schritt... Und Schluß! Unglaublich schnell, diese Mädchen! Ihre Hand war auch nach unten geflitzt und hatte die meine weggezogen, "nein, nicht!"

"Warum nicht? Das ist doch ganz normal!"

"Hast du es schon gemacht?" fragte sie.

"Na, logisch!" antwortete ich. "Komm, irgendwann mußt du damit auch anfangen."

"Ja, ich weiß", sagte sie, "aber heute noch nicht... erst nach dem Abitur!"

Seitdem fragte ich sie bei jeder Verabredung nach ihren Noten. Gott bewahre, daß sie schlapp machte, und die Klasse noch mal wiederholen müßte.

Mein Leben änderte sich. Ich mußte mir die Zeit neu einteilen. Kein Fußball mehr, kein Rumhocken in der Kneipe. Die Jungs verspotteten mich wegen Hana: "Ah, gehste wieder Händchen halten? Da mußte dich rasieren. Was soll der Flaum über der Lippe?"

"Spinnst du, Mann, dem Roman wächst doch kein Bart, das sind Schamhaare unter seiner Nase - noch von seinem gestrigen Rendezvous", und ähnliche Geschmacklosigkeiten. Ich freute mich schon auf den Sommer, da werden mich sicher alle Männer im Schwimmbad hassen, wenn ich ihnen Hana präsentiere. Die werden vor Neid die Zähne blecken, die armen Hunde. Das einzige Problem schien meine Jung-

fräulichkeit zu sein. Noch zwei verdammte Monate galt es
auszuhalten, bis zu ihrem Abitur. Lerne nur fleißig, Mädchen, bald werde ich dir eine wichtige Lektion erteilen!

Der Sommer rückte an. Noch zwei Wochen. Dann ist sie
ein fertiger Mensch mit einem Abiturzeugnis. Dann kommen
die Freuden. Sie hatte jetzt nicht mehr so viel Zeit für mich.
Aber das verstand ich.

Sonne, Sonne! Ein schöner Sommer. Kurz vor ihren Prüfungen verabredeten wir uns im Schwimmbad unseres Städtchens. Ich ging mit Freunden vormittags dorthin, Hana sollte
erst zu Mittag kommen. Im Schwimmbad ging es schon um
zehn Uhr in der Frühe zu wie auf der Spartakiade. Wir zogen
uns in den Holzkabinen um. Eine richtige Badehose war im
Sozialismus Mangelware. Und sowieso zu teuer. Wir trugen
beim Baden Turnhosen. Ich hatte die voluminöseste von
allen Jungs. Richtige Beinfallschirme, wenn der Wind wehte. Eine rote Turnhose, breit wie ein Segeltuch. Bevor meine
Großmutter in den Fünfzigern enteignet wurde, hatte sie ein
kleines Hotel besessen. An Feiertagen mußte sie tschechoslowakische und sowjetische Flaggen aus den Fenstern des
Hotels hissen. Nach der Enteignung blieb ihr ein Dachboden
voll von roten Tüchern mit gelben Hammern und Sicheln
darauf. Die gelben Staatssymbole entfernte und verbrannte
sie, und aus den roten Tüchern nähte sie seitdem für mich
und meinen Vater Turnhosen. Leider kannte sie nur eine
Größe - mein Opa war ein Riese -, und so reichten mir alle
meine Hosen bis auf die Knie. Wären sie kariert gewesen,
hätten sie wie Schottenröcke ausgesehen. Doch sie waren
nur rot.

Nach einem Turmsprung hing mir die Hose meistens über
den Fersen. Auch an diesem schicksalhaften Tag rutschte sie
mir nach dem Aufprall ins Wasser hinunter. Diesmal entglitt
sie mir aber vollständig. Ich tauchte auf, wollte mir die rote
Badehose wieder schnappen... sie war nirgendwo zu entdecken. Dann sah ich Bibi. Er flitzte aus dem Schwimmbad,
meine Turnhose in der Hand. Wie ein Verrückter sprang er
am Rand herum und lachte.

"Komm raus, komm raus, Romeo, da hast du deine Hose!"
Meine anderen Freunde wieherten sich tot.

"Spinnst du, Arschloch? Gib die Hose her, sonst bist du nicht mehr mein Freund!"

"Ja, ja, Freund... erinnerst du dich noch, wie du mich belogen hast? Und das nur wegen einer Tussi! So was machen Freunde? Jetzt wirst du dafür büßen." Die Jungs legten sich auf die Wiese neben dem Becken und spielten Karten. Von Zeit zu Zeit warfen sie mir spöttische Blicke zu. Ich schwamm ein bißchen herum und überlegte meine Lage. Das Schwimmbad war prall voll. Und es wurde immer voller - die Hitze trieb alle Arbeiter und Arbeiterinnen aus ihren Löchern. Körperkultur, Bier, Würstchen, Schwimmbad halt. Alle möglichen Verunstaltungen des menschlichen Körpers tummelten sich hier: Bierbäuche, schlaffe Busen in strammen BHs, Hängeschultern, X- und O-Beine, Kröpfe... Doch einen nackten Menschen hatte diese sozialistische Einrichtung noch nie gesehen. Wir mußten unsere Haut vor fremden Blicken schützen wie ein Militärgeheimnis. Alle unsere Führer waren, obwohl früher mal Avantgarde, jetzt schon so alt wie das Jahrhundert. Und wir befanden uns in den Siebzigern. Unsere alten Knacker furzten zwar nur noch vor sich hin, doch die Moral hielten sie fest in den Händen. Nicht mal oben ohne bei Frauen war erlaubt. Deswegen war ich ja ständig so aufgegeilt, wenn ich ein Stück nackter Haut erblickte... Na, ja, auch meiner Jungfräulichkeit wegen - das gebe ich zu.

Und jetzt dieses Schlamassel. Außerdem schrumpfte mein Pimmel in dem kalten Wasser unter alle erträgliche Maße, da blieb nicht mehr viel zum Protzen. Ich wurde fatalistisch: Was soll's? Sollen die mich doch alle am Arsch lecken! Sollen sie sich was in die Hose einlachen, die Idioten! Sollen meine Nachbarn doch ruhig denken, ich sei ein Exhibitionist! Hab sowieso keinen guten Ruf mehr hier im Städtchen. Scheiß drauf! Ich packte die Leitersprossen und wollte mich hochhieven. Und gerade da erschien Hana auf der Bühne mit einer Überraschung im Anhang. Wahrscheinlich wollten mich ihre Eltern endlich auch von meiner guten Seite kennenlernen. Wartet nur ab, Leute! Bald kommt der Knaller! Nach dem kleinen Vorspiel vor dem Kino werdet ihr jetzt die Hauptshow erleben! Damals oben ohne, jetzt zeig ich euch den Rest. So grollte ich in meinem Innern, um mir Mut zu machen, doch alles vergebens. Ich· brachte es nicht fertig, rauszuklettern. Hana erblickte mich schon und winkte mir zu, auch die Eltern grüßten mich freundlich. Sie packten ihre Sachen auf der Wiese aus - vier Meter vor mir. Da müßte ich der Unsichtbare sein, um hier unbeobachtet rauszukommen. Alles im Arsch! Scheiße! Die Freunde, die ein Stück weiter auf der Wiese lagen, krümmten sich vor Lachkrämpfen. Bibi wedelte mit meiner roten Hose in der Luft.

Hana bemerkte meine violetten Lippen und rief mir zu: "Komm raus, wir haben hier was zum Essen!"

Wer will schon jetzt ans Essen denken, vor der Show. Komm her mit dem Brot, meine Liebe, daß ich meinen Pimmel in eine Schinkenscheibe einwickle wie in ein Feigenblatt. Hmm, vielleicht kann sie mir etwas zum Anziehen bringen ins Wasser.

"Kannst du nicht kurz herkommen, Hana?" krächzte ich sie an. Die Kälte machte sich an meinen Stimmbändern zu schaffen.

"Komm du her!" rief sie. "Ich muß jetzt die Brote schmieren."

"Für mich mit viel Butter", rief ich zurück und schwamm noch ein paar Runden. Fast eine halbe Stunde. Langsam wurde meine Lage kritisch. Als ich wieder bei der Leiter anlangte, gab ihre Mutter wieder ihren blöden Spruch zum besten: "Ist Ihnen nicht zu kalt?"

"Er trainiert doch für das Winterschwimmen", sagte Papi und schaute Hana besorgt an. Ich versuchte, sie noch einmal zu mir herzuwinken, aber sie guckte mich nur verständnislos an. "Warum kommst du eigentlich nicht raus?" fragte sie.

Ich sah hinüber zu den Jungs auf der Wiese. Sie waren schon so fertig vor Lachen, daß sie nur noch herumgrunzten wie satte Schweine. Keine Gnade. Sie wollen's also auf die

Spitze treiben. Okay. Es war so weit.

Ich kletterte aus dem Becken und schritt durch das überfüllte Schwimmbad zu meiner roten Turnhose. Nur keine Eile, Junge! Sollen sich doch all die Arschlöcher ruhig die Augen aus ihren blöden Fressen glotzen. Sie guckten alle, manche lachten, manche zeigten mit dem Finger auf mich. Ich schnappte mir meine Sachen und haute ab, nach Hause. Den ganzen Nachmittag saß ich in der Baumkrone unserer großen Kirsche und las im *Idiot* von Dostojewskij. Was für ein Held! Der General Iwolgin... Was für eine bewunderungsvolle Gestalt in ihrer ganzen Menschlichkeit!

In dieser Woche flatterte mir ein Brief ins Haus. Sie hatte ihn mit Rotstift geschrieben:

"Lieber Roman,

ich glaube, Du brauchst eine andere Freundin als mich, eine, die deine 'Scherze' besser versteht. Auch meine Eltern sind dagegen, daß ich mit dir gehe.

Lebe wohl, Deine Hana."

Ich mußte also weiter warten. Bis alle Mädchen mit ihrem Abitur fertig sein würden. Hana habe ich seitdem nicht mehr gesehen. Lebe wohl, Hana, Dein Roman.

Gegen den inneren Feind

Lojsitschek drückte seine Nase zwischen Daumen und Zeigefinger, schneuzte kräftig in die Hand und wischte sie sich an seiner grünen Uniformhose. Dann rotzte er eine Zeitlang, schluckte seinen Rotz, atmete geräuschvoll aus und schnalzte vor Wonne. Ich legte meinen Löffel hin, Standa genauso. Vojta und Jenda stocherten noch kurz in ihrem Linseneintopf herum, doch als Lojsitschek anfing, mit seinen Hämorrhoiden zu prahlen, gaben sie auch auf. Lojsitschek rülpste von ganzem Herzen, ließ einen fahren, und wir liefen nach draußen, in die frische Luft. Alle vier. Ich beruhigte den Magen mit einer Zigarette, Standa trabte umher zwischen den Bäumen und schluckte heftig.

Pepa, der draußen am Wachtposten saß, sagte: "Dann kann ich ja essen gehen! Nachdem ihr euch ausgekotzt habt, könnt ihr ja zusammen die Wache schieben." Doch in fünf Minuten war er wieder bei uns, das Gesicht grüner als die Uniform.

Standa tauchte aus einem Gebüsch auf. "Kommt, verdreschen wir diesen Drecksack und schmeißen ihn raus aus dem Wachhaus! Soll er doch draußen auf dem Posten die Nacht verbringen."

"Spinnst du, Mann?" sagte ich. "Lojsitschek ist ein alter Hase. Nur noch zwei Monate hat er bis zum Ausscheiden. Und wir alle müssen noch anderthalb Jahre dienen. Die alten Soldaten in der Kaserne würden uns die Ärsche aufreißen."

"Ja, sollen wir uns alles gefallen lassen?"

Ich zog die Schultern hoch. "Nur noch vier Wachen, Mensch! Das halten wir doch durch. Dann ist Lojsitschek weg, und der Major wird unserer Mannschaft jemanden anderen zuweisen."

Eine halbe Stunde später trauten wir uns wieder hinein.

Lojsitschek grunzte zufrieden auf der Pritsche. "Ich hab gedacht, ihr seid nicht hungrig", sagte er mit einer Unschuldsmiene. Auf dem Tisch standen sechs leergegessene Eßschüsseln. Das Schwein fraß uns den ganzen leckeren Linseneintopf weg.

Standa hielt die erste Nachtwache draußen. Ich versuchte zu schlafen, aber Lojsitschek furzte so hemmungslos, daß sich um seine Pritsche herum eine Dunstglocke bildete. Noch bevor meine zwei Wachstunden anfingen, trieben mich Lojsitscheks Gase nach draußen. Ich schloß die Tür hinter mir zu, um die Tiere im Wald zu schützen, und den Kameraden nicht die Luft zu verdünnen, in der sie so zufrieden schnarchten.

Ah, du herrliche Waldluft! Kein Mond, keine Sterne... Doch die Luft... schön altmodisch. Zwischen den dunklen Tannen glänzten die Betondächer des unterirdischen Munitionsdepots. Ein Stück davor, unter unserer Wachtanne glimmte eine Zigarette. "Du kannst schlafen gehen!"

Aber auch Standa traute sich nicht mehr in den Stall, und so wachten wir gemeinsam über die Stille des Waldes, die hin und wieder durch einen Donner aus dem Wachhaus unterbrochen wurde. Von Zeit zu Zeit knurrten auch unsere leeren Mägen in die Stille hinein. Kein einziger Diversant wagte in dieser Nacht, das Munitionslager anzugreifen. Nicht mal der Regimentsaufseher tauchte auf. Wahrscheinlich hatte er Lojsitschek in seinen Kalender eingetragen.

Als wir am nächsten Tag zurück zum Regiment fuhren - Augen wie Angorakaninchen und hungrig -, flüsterte mir Standa ins Ohr: "Dem werde ich's zeigen!"

Da Lojsitschek der Mann war mit dem stärksten Magen in der Kompanie, wurde er auf unserem Flugplatz zu den Spezialisten gezählt. Er putzte die Klos in den Transportflugzeugen. Ein Fäkalfacharbeiter. Und auf Lojsitscheks Liebe zur Routine baute Standa seinen monströsen Racheplan auf. Bei seinem Arbeitsgang inspizierte Lojsitschek nämlich zuerst die Toilette oben im Transportraum des Flugzeugs. Er wischte den Boden und putzte die Klomuschel. Dann ging er nach draußen und kletterte durch eine Seitentür des Flugzeugs in den kleinen Raum unter der Toilette. Dort hing der große Sack mit Scheiße. Er nahm ihn ab und befestigte einen neuen an dem Abflußrohr. Eine feine Arbeit war es. Doch jetzt sollte ihm die Scheiße zum Verhängnis werden...

Bevor Lojsitschek am Dienstag zu einem gerade angekommenen Flugzeug ging, flitzte Standa hin. Er nahm den Plastiksack mit Scheiße ab und versteckte sich selbst unter der Toilette. Als dann Lojsitschek den Klodeckel hob und in die Schüssel guckte, steckte Standa von unten sein Gesicht in das Abflußrohr und brüllte: "Buuuuh!"

Ich erfuhr von der ganzen Geschichte erst abends, nachdem ich von der Arbeit in einem Treibstofflager zurückgekehrt war. Als ich vor die Kaserne ankam, war die ganze Kompanie zum Abendappell angetreten. Schon von weitem erkannte ich die massige Figur des Major Dupka, unseres Kommandanten: Schildmütze, ein gelber Stern auf der Epaulette, gelb eingerahmt. Ich reihte mich neben Standa ein, der nur die Augen verdrehte, als ich ihn anschaute. Was war los? Major Dupka teilte uns für den nächsten Tag ein. Zu Ende lachte er auf und sagte: "Lojsitschek, sie müssen doch die Klos in den Flugzeugen weiter putzen. Bevor wir einen neuen Ersatz finden. Ich weiß, Sie gehen bald ins Zivil aber... Haben Sie Geduld. Der alte Vavra, der Zivilangestellte, der sie ersetzen sollte, hat heute einen leichten Infarkt erlitten. Ich hab mit ihm im Krankenhaus gesprochen, und er behauptet...", hier lachte unser Major wieder, "na, ja, daß ihn heute aus der Kloschüssel ein Kobold angeschrien hätte. Tja, der ist nicht mehr ganz dicht im Kopf, der alte Vavra." Ich guckte Standa an, er hob nur seine Hände.

"Mann, woher sollte ich wissen, daß sie Lojsitschek schon vom Dienst befreit haben?" sagte mir Standa nach dem Appell. Wir drückten uns beide vor dem Abendputzen hinterm Regimentsgebäude. "Ich erkannte Vavra nicht. Hab von unten gesehen, daß der Deckel aufgeht und hab nur einmal, "buh!", in das Abflußrohr gebrüllt, dann schlug etwas auf den Boden auf. Ich lief zu der Flugzeugtreppe, aber da trugen die Mechaniker Vavra schon fort..."

"Na, da siehst du, was du von deinem Blödsinn hast! Hättest den armen Vavra glatt umbringen können!" Aber Standa war von seiner Rache nicht mehr abzuhalten. Ich flehte ihn an, alles vergebens. Wie besessen war er. "Ab jetzt darf ich nichts mehr dem Zufall überlassen", sagte er.

"Was wollen Sie nicht mehr dem Zufall überlassen, Genosse Soldat?" hallte es plötzlich hinter uns. Wir hechteten herum und salutierten. Major Dupka musterte uns streng. "In der Armee gibt es keine Zufälle. Daß sie jetzt hier sind, zum Beispiel, statt mit ihren Kameraden zu putzen, hat sich durch keinen Zufall ergeben, sondern durch ihre Faulheit. Und wenn Sie beide morgen den ganzen Tag in der Küche die Töpfe schrubben, statt auf ihren Betten zu faulenzen, dann ist es auch kein Zufall, sondern die Folge ihrer Drückebergerei und mein Befehl." Major Dupka drehte sich um und marschierte weg. Standa sah seinem Rücken nach und sagte leise: "Dir würde ich auch gerne in den Arsch treten, du Sau!"

Standas Freund Lexa arbeitete in der Kasernenküche als Koch. Mit ihm heckte Standa gleich bei unserem Küchendienst einen neuen Plan aus. Als unsere Mannschaft am Samstagnachmittag wieder bei dem Munitionslager anrückte, schleppte mich Standa in den Wald. Wir liefen bis zu dem Teich, der den Wald von einer Wiese abgrenzte. Das Grün sticht einem nicht ins Auge, doch das Gelb der Dotterblumen stimmte mich schon nostalgisch. Wie oft bin ich mit Eva zu unserem Teich gegangen? Und jetzt muß ich mich hier am Ende der Welt mit Lojsitschek herumschlagen... und mit anderen fertigen Typen. Ach, du Scheiße, noch anderthalb Jahre!..

Ich setzte mich auf einen umgefallenen Baumstamm. Standa zog ein Bajonett aus seinem Tornister und lief um den Teich herum wie Anthony Perkins in dem bekannten Hitchcock-Film. Plötzlich gröllte er, "huaa!", warf sich auf den Boden und stach mit seinem Messer in den Boden ein. Was macht der Wahnsinnige? Er lief zurück und hüpfte vor Freude. "Ich hab sie! Ich hab sie!" Auf seinem Bajonett zappelte eine Erdkröte.

"Du Killer!" schrie ich. "Was soll die Scheiße?"

"Mensch, es mußte sein, mein Plan!.. Verstehst du? Jetzt werden wir diesem Arschloch alles heimzahlen."

Wir bretterten zurück zum Wachhäuschen. Etwa eine halbe Stunde später sahen wir aus dem Fenster die fahrbare Küche anrollen. Abendessen! Wir junge Soldaten gingen raus. Lojsitschek wälzte sich furzend und rülpsend auf seiner Pritsche herum wie der alte Hase, der er war.

Standas Freund Lexa zwinkerte uns von dem grünen Kombi zu: "Heute gibt's Quark mit Honig, Freunde!" Wir stellten unsere Eßschüsseln hin, und Lexa patschte in jede mindestens einen Pfund Quark. Dann zog Standa aus der Tasche seiner Uniformjacke einen Plastikbeutel. Er packte die Erdkröte aus: Sie war riesengroß, braun, mit Warzen besät. Ekelhaft! Standa krallte sich Lojsitscheks Schüssel und vergrub die Kröte im Süßquark. Dann patschte Lexa noch etwas Quark darauf und glättete den weißen Grabhügel über der Kröte. Wir trugen die Schüsseln hinein. Lojsitchek saß schon am Tisch und klopfte unwirsch mit dem Löffel in die Tischplatte. "Ich bin hungrig, Rekruten!"

Standa stellte die Schüssel vor ihn, wir setzten uns alle zu Tisch, und Lojsitschek zog seine Rotznummer ab. Wir blieben standhaft. Heute durften wir nicht schlapp machen. Lojsitschek löffelte seinen Quark und erzählte uns eine feine Geschichte, wie er mit Freunden einmal hinter ihrem Dorf eine Kuh fand. Sie lag verreckt da, aufgebläht in der Sommerhitze. "Venca stach ihr in den Bauch, bah... Der ganze Dreck ist ihm in die Fresse..."

Ich war nahe am Reihern.... Iß schneller, du Sau, iß schneller... Und dann stieß Lojsitschek endlich auf die Kröte. Mit gerunzelter Stirn löffelte er den Quark beiseite. "Was haben wir denn da?" Er legte den Löffel hin, tauchte seine dicken Finger in die Eßschüssel und fischte die Kröte heraus. Seine Pratze hob sie an einem Hinterbein hoch in die Luft. Weißbraunes Zeug triefte von dem Kadaver hinunter. Lojsitschek ließ die Kröte eine Zeitlang vor seinem Gesicht baumeln und dann... leckte er sie ab. Uns reichte es. Einträchtig liefen wir nach draußen und kotzten uns das Mittagessen aus dem Leib. Als wir eine Stunde später ins Zimmer zurückkehrten, waren unsere Eßschüsseln wie blankpoliert.

Standa erwischte es arg. "Ich bin ein Versager, ich bin ein Versager", murmelte er ständig. Meistens saß er am Fenster unseres Zimmers und betrachtete haßerfüllt die alten Hasen, die unten im Hof Karten spielten und Rekruten dressierten. In zwei Wochen würden sie ausscheiden.

Am Freitag joggten wir zusammen zum Fußballplatz der Fliegerschule. Eine Mannschaft aus unserer Kaserne sollte gegen ein anderes Regiment antreten. Als wir dort ankamen, sahen wir schon von weitem Lojsitscheks massigen Körper in dem blauen Einheitssportanzug, wie er an der Außenlinie des Spielfelds auf den Fersen hockte. "Da sitzt das Arschloch," sagte Standa. Lojsitschek war Ersatzspieler. Das Spiel lief schon. Major Dupka, der auch unsere Mannschaft trainierte, war nirgendwo zu sehen. "Mir ist alles scheißegal", rief mir Standa im Trab zu, "jetzt oder nie!" Ich betrachtete Lojsitscheks Hintern, und eine Erkenntnis traf mich wie ein Keulenschlag: "Nein!" rief ich Standa hinterher, aber er trabte weiter auf den breiten Rücken zu. Vom Lauf aus hob er den rechten Fuß und kickte in den Arsch, der sich ihm entgegenreckte, als ob er ein Fußball wäre, als ob Standa ihn bis in die Spielhälfte des Gegners kicken wollte. Major Dupka, unser Trainer und Kommandant, flog aber nur an die zwei Meter weit und grub seine Nase in den Rasen ein. Wir standen an der Außenlinie des Feldes, und ich flüsterte dem unglücklichen Standa zu: "Die Offiziere sollten sich die Scheißepauletten auch an ihre Jogginganzüge nähen, so daß du die ganzen Arschlöcher auseinanderhalten kannst", während Major Dupka sich langsam hochrappelte. Diese tragische Verwechslung brachte Standa einundzwanzig Tage verschärfter Haft. Doch seine Tat brachte ihm auch die Bewunderung älterer Soldaten. Gerade heute sagte mir

Lojsitschek: "Du,.. dein Freund, der ist eine ganz große Nummer. Alle Achtung! Unseren Major hat noch nie jemand in den Arsch getreten. Leider bin ich schon weg, wenn er aus dem Knast kommt. Möchte ihm wirklich die Hand schütteln. Grüß ihn von mir."

"Ja, ja!" sagte ich zu Lojsitschek, "Standa wird sich bestimmt freuen, er mag dich sehr."

Als ich zu trinken aufhörte...
(Part 1)

Der Totengräber saß an seinem Tisch am Fenster - allein. Die Kneipe war leer an diesem frühen Nachmittag, nur noch Alois, der Wirt, blätterte hinter der Theke in einer Zeitung. Vom Zapfhahn tropfte Bier in ein mit Schaum gefülltes Glas. Die gewachsten Tischdecken glänzten in der Sonne, die durch die verdreckten Fenster hereindrang. Die Luft war schwer vom abgestandenen Tabakrauch, der gestrige Abend lag noch über den Tischen wie ein vergessener Gast.

Ich setzte mich zu dem Totengräber. "Servus, Franz."

"Ah, du bist's." Seine in den frühen Tagesstunden matten Augen leuchteten schon, vor ihm lag ein herausgeputztes Stamperl, kein einziger Tropfen war drin geblieben, als ob er alle Spuren gleich hätte vernichten wollen,.. doch seine Begrüßungsfahne verriet mir die Lösung des Rätsels - Rum. Die runzligen Hände mit den hervortretenden Adern zitterten stark, als er sich eine Filterlose anzündete.

Ich wußte nicht... - keiner wußte es -, wie alt er eigentlich war. Sicher über achtzig, aber soweit ich mich erinnern konnte, hatte er schon immer so ausgesehen wie jetzt: Ein durstiges Gerippe in einem dunklen altmodischen Anzug, der mit zahlreichen Flecken übersät war und an ihm hing wie an einer Vogelscheuche. Ein altersschwacher Anzug, der einmal pro Woche geflickt werden mußte, nur... die Hände, die es für ihn früher gemacht hatten, waren tot - er war allein -, und die Risse breiteten sich über den Stoff aus wie eine ansteckende Krankheit. Unter dem Sakko versteckte sich ein früher weißes Hemd, dessen Kragen die ursprüngliche Farbe nicht mehr erkennen ließ. Auf dem Kopf saß der braune Filzhut; den legte er nie ab, nicht einmal hier am Tisch. Darunter ein Gesicht, das viel gesehen, viel gelebt hat - zu viel: Nikotingelber Schnurrbart, die Farbe, die das Grau

färbt, Runzeln und Falten... Und die Haut gelb! Die Farbe
der vielen geleerten Gläser.

"Alois, bring uns bitte zwei große Rum und zwei Bier!"
rief ich durch die leere Kneipe, die Gewalt meiner Stimme
erschreckte mich. Hier ist man gewöhnt, daß die eigenen
Worte durch das Kneipenrauschen, durch das Brüllen der
anderen gebändigt werden.

Alois brachte uns die Getränke. Franz hob sein Schnaps-
glas: "Trete ein, und schade nicht." Wir kippten das giftige
Zeug hinunter, es brannte. Ich trank etwas von meinem Bier.
Es sah nach einem traurigen Abend aus, sollten nicht bald
andere Freunde hereinkommen. Früher hatte ich gern mit
ihm getrunken: Mit seinen wilden Geschichten aus dem
Ersten Weltkrieg hatte er mal die ganze Kneipe unterhalten
können, mit seinen surrealistischen Stories über die Schlacht
an der Piave... Doch vor zwei Jahren ist er zu einer Erinnerung an Anka geworden.

Anka, seine Enkelin, war sein *Kind* geworden, nachdem
sein Sohn und seine Schwiegertochter bei einem Autounfall
ums Leben gekommen waren, nachdem seine und ihre ganze
Familie ausgelöscht war. Er zog sie auf. Und als sie älter
wurde, tauschten sie die Rollen, jetzt kümmerte sie sich um
ihn. Er widmete sich dem Trinken... ja... und dem Graben,
aber das hat er schon immer getan. Hier in unserem Städtchen hatte schon sein Vater die Gräber ausgehoben und
zugeschüttet, und dessen Vater auch, und der Vater seines
Vaters, und keiner wußte, nicht mal der Totengräber selbst,
wann seine Vorfahren mit dem Graben begonnen hatten -
Totengräberadel.

Erst seine Enkelin war anders geworden... hätte anders
werden können: Sie studierte Geschichte, als sie an einer
Tetanusvergiftung starb. Jetzt wartete man im Rathaus, bis
auch er tot sein würde, um einer neuen Totengräber-Dyna-
stie Platz zu machen. Ja, er war alt, doch unser Städtchen
war so klein, daß er auch jetzt, ohne fremde Hilfe, die paar
Gräber im Monat ausgraben und wieder zuschaufeln konnte.

Anka hatte für ihn gekocht, geputzt, seine Sachen geflickt,

hatte ihn vor der Sperrstunde aus der Kneipe geholt oder ihn nachts gesucht, wenn er trotz seines gewaltigen Konsums allein nach Hause finden wollte. Viele Einwohner erlebten in den Jahren (die Geschichte wurde hier zu einer Legende), wie er vor dem kleinen Bach neben der Brücke stand und zu sich murmelte: "Wenn ich rüberspringe, verläßt sie mich..." Dann platschte es - er stand mitten im Bach und lachte: "Sie bleibt!"

Manchmal hatte er da im Wasser so lange gestanden, sich gefreut, bis ihn Ankas Rufe gefunden hatten: "Großvater, wo bist du?"

"Hier bin ich, Mädchen, hier in dem verdammten Wasser!"

"Aber Großvater! Was machst du wieder?" Sie hatte seine wassertriefende Gestalt in ihr kleines Haus an der Friedhofsmauer geschleppt, und er sang ihr unterwegs: "Über die alte Schloßtreppe..." Von diesem Bach, der seinen Weg von der Kneipe zum Friedhof kreuzte, hat man mit der Zeit nur als vom 'Bach der Enkelin' gesprochen.

Jetzt sprang er nicht mehr ins Wasser... Jetzt erzählte er keine Geschichten mehr, jetzt trank er nur...

Gottverdammt! Kann man leben für eine Tote? Soll man damit nicht irgendwann Schluß machen? Zwei Jahre sind doch vergangen, und er verhält sich, als ob sie gestern gestorben wäre. Ja, ich weiß, er ist alt... und allein. Aber wie kann man sich nur dieses ständige Klagen anhören. Unerträglich! Ich werde sicher nie jemandem jahrelang nachtrauern; ich möchte nicht, daß mir jemand nachtrauert.

Mir war klar, wie der Abend verlaufen würde: Zuerst werde ich unter seinem Gejammer leiden, werde mich sinnlos betrinken, und dann werde ich seinen noch sinnloser betrunkenen Körper zum Friedhof schleppen müssen. Da, unter einem Blumentopf im Hof des Häuschens an der Friedhofsmauer liegt der Schlüssel, ich werde ihm die Tür aufsperren, ihn ins Bett legen und dann durch das ganze Städtchen zurück nach Hause traben. Schöne Aussichten für den Abend! Ich bestellte Rum, und er fing an: "Erinnerst du dich noch an meine Anka?..."

*

Rufe wecken mich. Ich mache die Augen auf, die böse Sonne saugt sich an den Pupillen fest wie ein Blutegel. Ich blinzle, schließe die Lider, will die ganze beschissene Welt um mich herum noch mal vergessen, aber die Schreie sind unnachgiebig, genauso wie die Sonne. Ich stehe auf. Im Gras ruht der Abdruck meines Körpers - meine Kopie -, aber schon erheben sich einzelne Halme, schon schüttelt die Natur die Reste meines Schlafes ab, schon erwacht sie zu neuem Leben, nur ich möchte die verflogene Nacht zurück haben und sie bis in alle Ewigkeit bei mir behalten, so daß mich nie und nimmer jemand sieht, so daß keiner erblickt meine jämmerliche Gestalt.

Ich wühle in den Taschen, blicke auf das zerlegene Gras, wo eine angerauchte Zigarette liegt, plattgewalzt, aber sonst unbeschädigt. Sie läßt sich zwischen den Fingern zu dem runden Stäbchen formen, zu dem platonischen Körper... Sehr hübsch aber sieht das Ding nicht aus - an der Zigarette hängen braune Erdklumpen. Ich schaue meine Finger, meine Hände an: Verdreckt, mit einer Erdschicht überzogen wie die eines Goldgräbers. Und auch meine Jeans, meine Jeansjacke ähneln mehr dem Arbeitsanzug eines Bergarbeiters, als den Kleidern, die ich gestern getragen habe. Was habe ich wieder getrieben? Ich stecke die schmutzige Kippe in den Mund, der sich wie ein Fabrikschlot anfühlt, zünde sie an und ziehe tief ein. Alles in mir treibt hoch. Ein verrückter Maschinist in meinem Magen pumpt das Bier, den Rum von gestern in meine Kehle. Vor dem Schwall schaue ich mich noch schnell um: Wo bin ich? Aha, der Friedhof. Ich schlukke. Und wieder die Schreie - sie hämmern an meinen Kopf, der Kopf ist zu einem Amboß geworden.

Die Stimme kommt direkt aus der Erde, ich sehe keinen Menschen hier, die Stimme kommt direkt aus der Hölle, aus dem Inferno. Ich verfolge die Schallwellen. Ein paar Schritte weiter finde ich in einem tiefen Loch, in einem wartenden Grab, den Totengräber. Er liegt dort auf dem Boden im Lehm und jault: "Mein Bein, mein Bein! Ich habe mir das Bein gebrochen!"

"Jessesmaria, wie bist du denn da gelandet?"

"Weiß nicht", stöhnt er. "Hol mich hier raus!"

Ich laufe zu seinem Haus, schnappe mir eine Leiter und keuche zurück zum Grab. Verdammter Suff! Ich steige ins Loch, packe ihn auf meine Schulter. Mein Magen hüpft wie auf einem Trampolin, ein schweres Ding. Der Totengräber ist dagegen leicht wie eine Feder, nur hohle Knochen, überzogen mit Pergament. Ich klettere heraus, während er in mein rechtes Ohr heult und flucht. Erst im Haus auf seinem Bett beruhigt er sich. Gottseidank hat er, als die wichtigste Persönlichkeit im Städtchen, ein Telefon. Ich rufe einen Krankenwagen, sein Unterschenkel sieht böse aus - abgeknickt wie ein trockener Ast. Wir rauchen, warten auf den Arzt.

Er packt mich an der Hand. "Roman, weißt du, was ich geträumt habe?" Ich antworte nicht. Was weiß ich schon heute? Sein Griff ist fest, es schmerzt, aber ich wage nicht, mich zu rühren, weil seine Augen wieder glänzen, wieder leuchten, wie früher, wenn er über die Schlacht an der Piave erzählte. "Anka ist hier gewesen!" stößt er hervor, und dann fängt er an zu lachen, unmenschlich - wie ein Lachsack. Versucht dabei sein gebrochenes Bein in Ruhe zu halten - vergeblich, und so wird sein Gelächter immer wieder von einem tierischen Schmerzgeheul unterbrochen. Er schüttelt sich auf dem Bett vor Lachen und... Heulen. Fassungslos beobachte ich ihn. Er beruhigt sich etwas, spricht, hustet weiter zwischen den Worten einzelne Lachgeschosse aus: "Weißt du, woran mich das verdammte Bein erinnert? Haaha! Wir haben damals an der Piave auf den Nachschubzug gewartet, eine Woche nichts im Mund gehabt. Bevor der Zug ankam, ist unser Leutnant die Strecke hin und her gelaufen wie ein toller Hund und hat geschrien: "Heute wird nichts angerührt, erst morgen wird gegessen!" Er war ein alter Sadist, hat sich tolle Strafen ausdenken können. Hat einen Soldaten beim Angriff erschossen, weil der sich in die Hose machte. Die Gefangenen hat er sich immer persönlich vorgenommen. Nach jedem Verhör blutige Stiefel gehabt - und dabei ein Mähre wie wir. Pfui! Teufel! Wir haßten ihn wie die Pest. Als der Eisenbahnwagen anrollte, drängte sich die ganze hungrige Kompanie davor. In dem Gemenge hat ihn jemand unter den Waggon gestoßen, und die Räder haben ihm beide Beine abgefahren. Ja, leck mich am Arsch! Als der Zug vorbei war, lag die Sau da, seine Beine sauber vom Körper abgetrennt, gleich auf der anderen Seite des Gleises. Die ganze Kompanie ist still geworden, alle schauten ihn an, keiner rührte sich. Und dann fängt der Leutnant an zu jammern: "Oh, es tut aber weh!" Ja, kannste dir das vorstellen? Das Arschloch hat beide Beine weg, und das einzige, was ihm einfällt, ist, daß es weh tut! Als ob er einen Kratzer abbekommen hätte. Die gesamte Kompanie wälzte sich in Krämpfen vor Lachen auf dem Boden. Das Gulasch haben wir glatt vergessen." Nach seiner Geschichte hustet sich der Totengräber die Lunge aus dem Leib, und dann liegt er da, erschöpft, lächelnd, irgendwie zufrieden.

Der Krankenwagen kommt, der Arzt schimpft, wir laden den Verletzten auf, und dann fährt der Wagen ab, mit dem alten Totengräber, der zum Leben erwacht ist.

Ich sollte nach Hause, aber meine Füße tragen mich noch einmal auf den Friedhof, als ob sie ferngesteuert wären. Ich gehe durch den Garten, stapfe über die toten Menschen, schlendere zwischen den Kreuzen, zwischen den Grabsteinen mit alten, uralten Aufschriften, aber auch mit ganz neuen...

Ihr Grab liegt in der Mitte des Friedhofs, dort wo alle Generationen der Totengräber ruhen: *Anka Pekná 1956-1980*. Jetzt verstehe ich. Ich schaue meine von Erde verdreckten Hände an und dann noch einmal dein zerwühltes Grab. Sehr tief bin ich nicht in der Nacht gekommen, nur einen halben Meter. Anka, verzeihe mir bitte. Ich sehe wieder dein Gesicht, dein Gesicht auf der Wiese hinter

unserem Städtchen zwischen den ganzen Sommerblumen...
kurz danach zwischen den dunkelroten Rosen. Ich sehe
auch deinen Körper, deinen atmenden Körper, ich streichle
wieder deine samtene Haut. Die Bilder, die ich seit zwei
Jahren zu verdrängen versuche. Deine samtene Haut, deine
samtene Haut... deine Haut in der Tiefe.

Ich hole eine Schaufel, bringe deine letzte Stätte hier auf
Erden wieder in Ordnung. Lege ein paar Blumen aus eurem
Garten darauf. Danke! Es ist wirklich an der Zeit, mit dem
Trinken aufzuhören.

Ich kehre in das Totengräberhäuschen zurück, lege mich
ins Bett deines Großvaters und warte bis die Toten kommen,
bis der Totengräber zurückkehrt, bis er es wieder allein
schafft, den Gestorbenen ihre Gräber zu graben, um sie vor
unseren Erinnerungen zu schützen. Dann werde ich wegge-
hen und weiterleben.

Auch im Westen nichts Neues

Der Beamte reicht uns die Papiere. "Sie kommen noch mal in drei Wochen zu einem ausführlichen Gespräch", sagt er, "dann schicken wir Sie in ein Sammellager. Mit dem Brief gehen Sie zum Sozialamt, man wird Ihnen bis dahin einen Übernachtungsschein für eine Pension geben."

Ich mache die Tür hinter uns zu. Jindra regt sich auf: "Wieder alles verschoben. Meine Nerven!"

"Hoffentlich verschieben die uns auch nicht - zurück in die Tschechei", sage ich, "hab keinen Bock, in Joachimstal nach Uran zu graben. Wie sieht es in so einem Sammellager aus? Bestimmt kein Honiglecken."

"He, hör auf, Mann. Alles besser als die Kommune."

Auf dem Sozialamt fühle ich mich nach dem tagelangen Spießrutenlauf zwischen Staatsbeamten und Polizisten wieder mal richtig wohl, lauter nette Leute - Penner, Ausländer, Langzeitarbeitslose und alleinstehende Frauen mit Kindern. Das Volk drängt sich auf den Bänken eines langen Flurs, manche marschieren umher, nervös. Vor jeder Tür eine Menschentraube. Wir lehnen uns an die Wand zu den wartenden K bis Ls. Rechts von uns sitzt eine Frau, Ende Zwanzig - unser Alter. Sie schaukelt auf jedem Knie ein kleines Mädchen, umta links, umta rechts, kurz darauf um links, tata rechts - umtata, umtata... und dann wieder Polka nach dem Walzer. Zu den schnell wechselnden Takten rappt ihre Stimme einen etwa fünfjährigen Jungen an, der auf dem Boden vor sich ein Spielzeugauto herschiebt und es mit wrrrr, brumm, brumm... echt macht.

Ein Penner-Clown krallt sich den Spielzeugwagen und jagt ihn durch den Flur in Richtung Ausgang. Der Kleine hinter ihm her. "Paul, komm zurück!" ruft ihm die Mutter nach, aber der Junge hat nur Augen für seinen Wagen und Ohren für das Brummbrumm des Penners. Die Frau stellt die Mädchen auf den Boden und flitzt den beiden hinterher.

Die zwei Kleinen hocken da, schauen sich um... Sie fangen an zu schluchzen. Ich setze mich auf den leeren Platz, nehme die Kinder auf die Knie, lasse sie rauf und runter hüpfen, *taktlos*, nicht wie ihre Mutter vorhin. Die Mädchen gucken verdutzt. Jindra schneidet Grimassen und rollt die Augen. Die Mädchen hören auf zu weinen. Als die Frau mit ihrem Sohn zurückkehrt, lachen die kleinen Mädels schon. Die Mutti bleibt vor mir stehen, mit dem Buben auf dem Arm - die Madonna vom Sozialamt. Sie lächelt und fragt, ob ich Kinder hätte.

Zum erstenmal im Leben kann ich mein Deutsch bei einer hübschen Frau anwenden. "Nein", sage ich.

Da muß Jindra gleich einen seiner blöden Sprüche loslassen: "Schämst du dich nicht, Mann, die ganzen armen Kindchen zu Hause zu verleugnen?"

Sie lacht. "Was für Landsmänner seid ihr?"

"Tschechen", erkläre ich.

"Hab ich mir gleich gedacht. Wie lange seid ihr schon in Deutschland?"

"Seit einer Woche. Sind das alles deine Kinder?"

"Ja. 'ne ganze Menge, was? Jetzt warten wir schon seit einer Stunde. Na, hoffentlich klappt es mit der Unterkunft. Sonst weiß ich nicht, wo wir heute pennen."

Ich frage nicht weiter. Auf ihrem Hals sehe ich ein paar blaue Flecken.

"Warum seid ihr aus der Tschechei abgehauen?"

"Wir müssen unbedingt nach Borneo", sagt Jindra, "um Schmetterlinge zu fangen. Es gibt dort welche mit solchen Flügeln." Er breitet die Hände aus.

Der Junge hebt den Kopf von seinem Spielzeug. "Mami, fahren wir mit nach Borneo? Ich möchte die großen Schmetterlinge sehen."

"Na, klar fahren wir, Pauli."

Ich überlasse ihr den Platz und die zwei Kleinen. Die Mutti will sie weiter schaukeln, aber die straußschen Rhythmen

werden den Mädels nach meiner Hip-Hop-Schaukelei langweilig: Sie rutschen von ihren Beinen runter und versuchen,
dem Jungen den Spaß am Auto zu vermiesen. Erst jetzt
nehme ich die Frau als ein Einzelwesen wahr. Sie trägt Jeans
und Jeansjacke, Levis - ausgewaschen. Unter der Jacke hat
sie ein schwarzes T-Shirt, das die Brustwarzen zu einer
hübschen Form spannen. Die langen Haarsträhnen zensieren
aber einen allzu genußvollen Anblick. Kurz sehe ich Anka
vor mir, mit ihrem hellen Haar... ich hole mich zurück in die
Gegenwart - Schluß mit der Tschechei, Schluß mit Anka...

Unsere neue Bekannte wird aufgerufen. Sie erhebt sich
von der Bank, und die Mädchen packen sie an den Händen.
Der Junge trottet ihnen hinterher - ein eingespieltes Fami-
lienteam.

Man weist uns für ein paar Wochen in die Pension Dira ein.
Dort sehen wir sie zum zweiten Mal. Sie füttert gerade ihre
Kleinen mit einem unappetitlich aussehenden Brei, als wir
mit unserem leichten Emigrantengepäck anrücken. Der
Familientisch steht im Vorsaal neben der Rezeption - der
hiesige Gemeinschaftsraum. Die Mutter winkt uns mit dem
Löffel zu, ein Stück Brei fliegt auf den verdreckten Teppich-
boden... Unbekümmert wie Anka! Da sind sie wieder, die
Stiche...

*

Anka kam an unseren Tisch. Ich kannte die Typen am
Tisch nicht, nur Petr und Jan, Ankas Bruder. Sie wollte sich
zu mir setzen. Einer der Burschen am Tisch, Celo, ein
bekannter Schläger, wie mich Petr vorgewarnt hatte, war
schon reif für eine Koffeinspritze: Seinen Atem konnte man
glatt zu hochprozentigem Rum kondensieren. Er schnappte
Anka am Ärmel und brüllte: "Hey, Anka! Wow, wow..." Er
kläffte sie an wie eine Hündin. "Wir würden dich schon an
unseren Tisch einladen, aber, weißt du, da dürfen keine

Jungfrauen hin. Oder hast du sie schon gefickt? Brüderchen." Das Arschloch grinste Jan an.

Jan, wie immer schüchtern, ängstlich, starrte in sein Glas. Petr sah mich an. Ich hob die Augen. Anka sah mich an. Ich wich dem Blick aus, suchte in der Tasche nach Zigaretten. Sie drehte sich um und lief weg. Petr schnauzte den Typen an: "Spinnst du, Mann? Anka ist Romans Freundin. Mußt du deine blöden Witze gerade jetzt reißen?"

"Ist mir doch scheißegal!" sagte Celo, "oder gefällt's dir nicht?" Petr guckte mich an, packte sein Bier, schwieg. Ich auch.

*

Wir verfrachten unsere Koffer ins Zimmer und kehren zurück in den Gemeinschaftsraum. Unsere Bekannte füttert immer noch ihre Kinder. "Alles gut gelaufen, auf dem Sozialamt?" sage ich.

"Ja, perfekt, jetzt haben wir das Zimmer hier. Das Sozialamt bezahlt alles, bevor wir eine Wohnung vom Wohnungsamt kriegen."

"Wie heißt du eigentlich?" frage ich sie.

"Clara", sagt sie.

"Hey, wie Clara Zetkin!"

"Als Tscheche bist du ganz schön bewandert in der deutschen Geschichte."

"In der Geschichte der Arbeiterbewegung", korrigiere ich sie.

Sie lacht. "Wollt ihr wirklich weg aus Deutschland?"

"Ja, wir möchten schon weiter. Nach Amerika, Kanada oder Australien. Ich glaube aber nicht, daß die uns nehmen. Wir haben eine gute Ausbildung im Biertrinken, sonst keine."

Der Teller ist leer. Keine Spur mehr von dem ekelhaften Brei. Diese Kinder! Sie haben verdammt starke Mägen.

Clara steht auf. "Ich lege die Kleinen ins Bett. Komme zurück."

Eine halbe Stunde später ist sie wieder da. Gerade rechtzeitig: Wir haben uns an einen Tisch mit tschechischen Emigranten gesetzt, und die sind uns mit ihrem Gerede schon arg auf die Eier gegangen - alles Leute aus guten Familien. Wollen in Deutschland studieren und Juristen und Manager und andere Vorbilder und Menschenführer werden. Vor lauter Langweile und Durst haben sich bei mir fast die Zehen verknotet. So ein trockener Tag, kein einziges Promillchen tummelt sich in meinen Adern. Da steht Clara vor mir und wedelt mit zwei Flaschen Paulaner vor meiner Nase: "Da bin ich wieder", sagt sie. "Möchtest du mit mir ein Bier trinken?"

"Wir teilen uns das Bier", sagt Jindra. Wir setzen uns an eine leere Sitzecke. Clara hat es sogar geschafft, sich umzuziehen. Während sie mit übergeschlagenen Knien auf der Bank sitzt, baumelt ihr nackter Fuß mit einer Riemchensandale in der Luft. Ihr Knie drückt die Wade des übergeschlagenen Schenkels heraus; massig und fest sieht sie aus, rasiert, glatt wie ein Babyarsch. Mein Blick wandert über die Knie, über die nackten Oberschenkel, bis zu dem knallroten Stoff ihres Sommerkleids. Der untere Knopf des Kleides sitzt ziemlich hoch. Mein Blick rutscht die Spalte zwischen ihren Schenkeln hinauf bis zu dem weißen Schlüpfer. Vor diesem Hintergrund erblicke ich Haare, die den Slip umrahmen... Ich kralle mir das Bier, putze die halbe Flasche weg. Ich zünde mir eine Zigarette an, und Clara fragt mich: "Ist dir kalt?"

"Nein, nein..." sage ich, "ich hab heute zu viel Kaffee getrunken. Da bin ich immer zittrig."

Die blauen Flecken auf ihrem Hals sind noch sichtbar, aber sie schert sich einen Dreck drum: Die zwei oberen Knöpfe ihres roten Kleids stehen offen und auf dem Busen sehe ich einen älteren bräunlichgelben Fleck. Die Brust ist so weit enthüllt, daß ich mich wundere, den Rand ihrer Brustwarze nicht erspähen zu können. Ich möchte ihre Wunden streicheln, den Schmerz lindern, aber gleichzeitig möchte ich an

ihren Brustwarzen saugen und die Nase in den weissen
Schlüpfer hineinbohren. So ist meine Natur.

*

Anka trug diese verdammten Rollkragenpulis; ich kannte
sie nur vom Kinn aufwärts. Das keuscheste Mädchen der
Republik war sie, mit einem so großen, sinnlichen Mund,
daß er fast übersinnlich wirkte. Wir gingen seit drei Monaten
zusammen, aber sie hat mir nur Küsse erlaubt, auf die
Wangen, auf die Stirn und einmal auf die Lippen, doch das
war mehr aus Versehen, sie hat sich die Lippen gleich mit
einem Taschentuch abgewischt.

Und dann fuhren wir von einem Musikfestival mit der
Bahn nach Hause. Sie streckte sich auf den Sitzen aus und
legte im Schlaf den Kopf auf mein rechtes Bein. Ihr Mund
war so nahe an meinem Glück... ich hatte einen Drei-
Stunden-Ständer, die ganze Fahrt hindurch. Meine Jeans
wurde zu einem spanischen Schuh. Unerträglich war es! Ich
versuchte, mich durch das Neue Testament durchzumeditie-
ren, durch das Leben Jesu, versuchte an seine Keuschheit zu
denken... nichts half: Mein Schwanz war stärker als mein
Glaube, meine Gedanken schwangen unaufhörlich zwischen
ihrem Mund und meinem Penis: Verdammt! Warum bläst sie
mir nicht einen? Dauert doch bloß 'ne halbe Minute! Meine
Hand lag auf ihrer Schulter, von Zeit zu Zeit verschob sie
sich um ein paar Millimeter, wie ein Partisan kroch die Hand
auf den feindlichen Bunker zu, so daß sie nach einer Stunde
auf Ankas Brust ankam und dalag, ohne zu wissen, was sie
weiter tun sollte. Plötzlich hörte ich Ankas eiskalte Stimme:
"Nimm deine dreckige Pfote Weg, du Schwein!" In Ostrava
am Bahnhof sagte sie mir: "Ich will nicht mehr, daß du
ständig um mich herumschleichst. Wir machen Schluß!"

Clara lächelt mich an. Dieses Mädchen scheint eine verflixt gute Therapeutin zu sein. Sie packt das Übel direkt an der Wurzel. Zum ersten Mal, seit ich Anka nicht mehr gesehen habe, fühle ich nur eine leichte Wehmut, vielleicht nur einen Anhauch von Nostalgie. Der Seelenschmerz verschwindet wie eine Grippe, und ich spüre in mir wieder einen gesunden Saft strömen.

Jindra erzählt gerade von den giftigen Käfern an der Küste Australiens, die von den Eingeborenen in Käfigen gehalten werden: "Ja, und die haben echte Giftzähne. Dank dieser Zähne kann man sie sogar lehren zu sprechen wie Papageie..."

"Jetzt übertreibst du aber ein bißchen... oder? Wie lange kennt ihr euch eigentlich? Seid ihr immer so zusammen?"

"Zu lange", sage ich. "Wir haben in der Tschechei zusammengewohnt. Wir sind bis ans Ende aller Tage aneinander gekettet. Er hat mir das Leben gerettet, und ich muß meine Schuld abbezahlen." Ich seufze.

"Wirklich? Wie hat er dir das Leben gerettet?"

"Tja, wie ist es eigentlich passiert?.."

"Davon darf er nichts weiter erzählen!" sagt Jindra, "sonst ist der Zauber weg!"

"Haha...", sagt Clara. "Aber... ich finde es toll, daß ihr so gute Freunde seid - eine richtige Männerliebe!"

"Es ist mehr eine Haßliebe", sage ich, "ich liebe ihn, und er haßt mich."

Unser erster Abend in der Pension schlendert dahin. Wir rauchen, trinken Bier und quatschen. Gibt es für Menschen eine angenehmere Beschäftigung? Clara verstummt langsam, erst der neue Tag könnte sie wieder zum Lachen bringen. Sie steht auf und sagt: "Nichts zu machen, ihr Tschechen, ich muß ins Bett."

"Träume schön!"

Wir schweigen eine Zeitlang. Was sollen wir noch groß

reden, wenn die Frau und das Bier weg sind, die Dinge, die unsere lügnerischen Neuronen in Schwung gehalten haben! Merkwürdigerweise muß ich diesen Tag nicht bis in die Morgenstunden strecken. Das Bett macht mir keine Angst. Heute träume ich nichts. Und das ist gut so!

In der Frühe marschiere ich über den Gang ins Badezimmer. Nach Dusche und Zähneputzen wird es Zeit, die Lunge wieder auf Trab zu bringen. Ich hocke mich auf einen Stuhl neben der Badezimmertür und drehe mir eine Gauloise.

Clara kommt aus ihrem Zimmer, eingewickelt in einen blauen Frotteebademantel, beladen mit Handtüchern, Jeans, einem frischen T-Shirt und kiloweise Kosmetik. Keine Ahnung, wozu die ganzen Fläschchen, Dosen, Tuben und Etuis gut sind! Diese Dinger haben mich immer schon ehrfürchtig werden lassen. Sie sind eine Bestätigung dafür, daß Frauen intelligenter sind als Männer. Oder gibt es Männer, die sich mit diesem komplizierten Zeug auskennen?

"Guten Morgen", sagt Clara. Sie lächelt, aber nach einem Blick auf meine rauchende Giftrolle verdreht sie die Augen und verschwindet im Badezimmer. Den Schlüssel dreht sie nicht um.

Ich rauche. Eine fünf Zentimeter breite Lücke klafft unter der Tür; sie läßt jedes Geräusch durch. Clara dreht die Hähne auf, das Wasser läuft in die Wanne. Die Wasserhähne quietschen, als sie sie zudreht. Ihre Hand planscht im Wasser. Warm genug? Stille. Zieht sie gerade den Bademantel aus?.. Der erste Fuß (der rechte?) steigt vorsichtig in die Wanne. Mutiger platscht der zweite hinein. Dann der ganze Körper. "Ah!.." Und Ruhe! Nur hie und da höre ich einen Tropfen aus dem Wasserhahn: Platsch! Ich drehe mir eine zweite Zigarette. Ein Verschluß knarrt! Die Shampooflasche? Ja! Die langen Finger wühlen in den Haaren, massieren die Kopfhaut. Wieder Stille. Clara holt Atem und taucht unter Wasser. Nach ein paar Sekunden taucht sie auf. Die Seife glitscht über die Haut: Das Gesicht, den Hals, die Schultern, die Arme und... die Brüste. Sie steht auf: Der Bauch kommt an die Reihe, die Füße, die Beine, der Arsch und... Sie seift sich lange ein, sehr lange... Plopp! Das Wasser läuft aus, die Dusche plätschert auf ihre Haut. Sie steigt aus der Wanne: Patsch!.. - der erste Fuß! Patsch!... - der zweite! Sie reibt sich ab. Ich rauche meine dritte Zigarette. Sie fängt an, mit der Kosmetik zu hantieren, mit den Fläschchen zu klirren. Ich drücke die Zigarette aus, stehe leise auf, schleiche mich weg, ich will leicht sein wie eine Brise, wie ein Hauch. Der Boden ist mein Kumpel, er knarrt nicht. Ich steuere auf unser Zimmer zu. Nach meinem vierten Schritt holt mich ihre Stimme ein. "Roman, hättest du Lust, mit uns heute in den Zoo zu gehen?"

Ein paar Sekunden verstreichen, bevor ich mich umdrehe, bevor ich ausatme. "Klar!" sage ich zu der geschlossenen Tür. "Kommt bei uns vorbei, wenn ihr fertig seid."

Seit zehn Jahren bin ich in keinem Tiergarten gewesen. Jetzt stehe ich da, die Kinder und eine Herde kleiner dicker braunschwarzer Ziegen um mich herum. Habe nicht gewußt, daß es auch solche lustigen Tiere auf der Welt gibt. Die Kinder sind im siebten Himmel, sie streicheln die Ziegen und versuchen, sie zu küssen. Na, dem bin ich gottseidank entwachsen. Die kleinen Ziegen haben es hier gar nicht so schlecht. Alle anderen Tiere stecken hinter Zaun und Draht und Gitter und Glas und... Als ich Kind gewesen bin, haben mir die Käfige nichts ausgemacht, da habe ich mich nur über die Tiere gefreut, da habe ich noch meine Unschuld gehabt. Da wußte ich noch nicht, daß ich selbst eingesperrt war.

Clara will Zigaretten kaufen, mein schwarzer Tabak ist ihr zu stark. Jindra, der Gute, sagt: "Holt was zum Rauchen! Ich bleib' hier mit den Kindern."

"Komm!" sagt Clara. "Ich weiß, wo hier ein Automat ist." Nach ein paar Schritten packt sie mich an der Hand. "Laufen wir!" Wir rasen an den rotärschigen Pavianen vorbei. Die Affen gucken unserem Galopp interessiert zu. Ich halte Claras Hand, ich kann es gar nicht fassen. Im Moment sind mir alle Tiere der Welt scheißegal, sogar die Paviane, obwohl sie Ärsche wie sowjetische Flaggen haben. Der Tiergarten entpuppt sich als der Garten Eden.

Auf der Rückkehr kaufen wir einige Flaschen Löwenbräu. Nach dem schönen Tag sollte sich auch der Abend ins Zeug legen. Clara füttert die Kinder, bringt sie ins Bett, und etwas später erscheint sie wieder im Gemeinschaftsraum in ihrem roten Kleid. Heute wird über Tiere geredet.

Wir sind gerade bei den Pfauen angelangt, da kommen zwei Typen in die Pension, etwas älter als wir, so um die Vierzig. Der eine Mann ganz in Weiß: Weiße Leinenhose und -jacke, ein weißes T-Shirt. Mit seinem gewaltigen Schnurrbart und dem Wahnsinn in seinen Diamantenaugen ähnelt er dem alten Nietzsche. Erst später merke ich an seiner Fahne, daß die Augen mehr vom Suff glänzen als vom Wahnsinn.

Die Kleidung des zweiten Mannes ist dagegen ganz in Blau gehalten, außer der schwarzen Cowboy-Stiefel - eine Marl-boro-Figur: Levis, Hose und Jacke, und darunter ein blaues Jeanshemd. Als sie sich zu unserem Tisch und zu der roten Clara gesellen, erinnert mich das farbige Trio an die tsche-choslowakische Flagge: weiß, blau, rot - sofort fühle ich mich ausgeschlossen...

"Servus!" sagt der Weiße. "Ich bin Hans, bin hier in der Pension angestellt. Und das da ist Karel. Ich glaube euer Landsmann, ihr beide seid doch Tschechen! Nicht wahr?"

Der Westernheld streckt uns die Hand entgegen. "Nazdar, kluci, Karel." Wir begrüßen uns tschechisch, sprechen wei-ter Deutsch. Die beiden zwängen sich auf die Bank zu Clara.

"Wie lange bist du weg aus der Tschechei? Lebst du in München?" frage ich unseren Landsmann.

"Ich bin schon vor fünfzehn Jahren weggelaufen. Aber ich lebe in Australien. Hier bin ich nur auf 'nen Sprung. Jungs! Australien ist das schönste Land der Welt." Karel fängt an, von den Naturschönheiten Australiens zu schwärmen, von den Fahrten im Truck über das weite Land, von Adelaide, Melbourne, Sydney, Brisbane, von giftigen Fischen und Schlangen, von dem ganzen exotischen Getier, von den Abenteuern bei der Opalsuche... und von sich. Er redet und redet bis die letzte Erinnerung an unseren Tiergartenbesuch zu einer Banalität verkommt.

Jindras Blick hängt an Karels Lippen, gebannt, das tut mir nicht weh... Trotzdem weiß ich, daß die nächsten Monate genauso beschissen sein werden wie die letzten: Auch Clara sieht Karel an! So wie Anka den Celo, als ich sie zum letzten Mal gesehen hatte:

*

Wir saßen in unserer Kneipe, bei Mama, in einer der Kneipen des Ostraver Undergrounds. Lange Haare, Unmengen von Korallenketten und Lederriemen um Hälse und Hände, runde Piratenohrringe in Männerohren, Kreuzanhänger, Ledertaschen, Flanellhemden, zerrissene Jeans - all das, was in der Tschechei als ein Zeichen der Nichtanpassung galt, konzentrierte sich hier in der verrauchten, verdreckten Kneipe, zusammen mit den Tätowierungen der Kriminellen und Schläger aus der Umgebung.

Aus einem Kassettenrecorder brüllte Zappa auf Deutsch: "Fick mich du miserabler Hurensohn..." Wir soffen im Takt. Celo, der vor drei Monaten Anka mit ihrer Jungfräulichkeit verspottet hatte, saß auch da und... Anka neben ihm. Ich ihnen gegenüber. Wir belagerten einige zusammengerückte Tische und kübelten uns mit Bier voll, als ob wir das Ende der Welt erwartet hätten. Das Ende der Welt war aber schon längst eingebrochen, gerade an diesem Tag jährte sich zum dreizehnten Mal der Einmarsch der Warschauerpakt-Staaten in die Tschechoslowakei - es war der 21. August. An die dreißig Leute waren wir an diesem dreizehnten Leichenschmaus der Freiheit. Einen Tag zuvor hatte ich Anka angefleht, es noch einmal mit mir zu probieren, und spülte jetzt die gallige Ablehnung und die Beschimpfung, "du Schlappschwanz", mit Bier hinunter. Celo erzählte von einer Schlägerei in einer Disko, wo er zwanzig Leuten die Augen und Zähne ausgeschlagen und die Eier zertreten habe. Ich hätte kotzen können. Anka rief dazwischen: "Ja, ich war dabei! Celo hat's denen gezeigt!" Sie schaute ihn an, so, wie Clara jetzt hier in der Pension Karel anschaut, so wie mich schon seit langem keine Frau mehr angeschaut hat. Ja! An diesem Tag wäre's mir dreckig gegangen ob mit oder ohne Warschauerpakt.

Anka wandte ihre Augen von Celo ab. Sie warf mir einen Blick zu, wie man einem bösen Hund den Knochen zuwirft. Sie neigte sich zu Celo und flüsterte ihm etwas ins Ohr. Er lachte. Laut sagte er. "Das glaube ich nicht! Du doch nicht!.." Und plötzlich verschwand Anka. Ich blinzelte, sie saß nicht mehr auf ihrem Sitz. Nur der leere Stuhl stand zwischen Celo und ihrem rechten Nachbarn. Erst nachdem ich Celos Gesicht angesehen hatte, verstand ich.

Ich ruderte mit den Augen, mein Blick hüpfte durch die Kneipe und dann wieder zurück zu Celo. Ich stand auf, ich taumelte zur Theke, ich holte mir einen großen Rum, ich kam zurück zum Tisch, ich setzte mich, ich trank das Zeug in einem Zug, ich rauchte, ich schmierte mit dem Finger durch eine Bierpfütze.

Anka kam wieder unter dem Tisch hervor; sie hob sich langsam auf den Stuhl. Ihr rechter Nachbar schüttelte lachend den Kopf, ihr linker Nachbar, Celo, lag erschöpft auf dem Stuhl, die Augen geschlossen. Ich wollte Anka nicht ansehen, ich plapperte irgendeinen Schwachsinn zu meinem Nachbarn, ich hielt meinen Blick fest an seinem Gesicht wie an einem Anker, nur... nur sie nicht ansehen, aber ich spürte sie, sie starrte mich an, ich mußte mich dem stellen. Ich stellte mich. Ihre Augen tränten vor Haß, ihre Lippen waren zusammengepreßt. Ich verstand nicht, warum! Ich verstehe es immer noch nicht. Sie machte den Mund auf, breit... Ihr kindliches Gesicht... fast sah es so aus, als ob sie gleich eine Blase machen wollte, eine Kaugummiblase, aber das da war kein Kaugummi. Mit offenem Mund starrte sie mich ein paar Sekunden an, hob ihr Glas und spülte Celos Sperma mit Bier hinunter.

Ich schiele nach Clara. Ihre Augen leuchten, aber nicht wegen mir. "Und in den Staaten warst du?" fragt Jindra unseren Helden.

"Klar, Mann! Ich bin schon überall rumgekommen. Ich hab früher als Stuntman für Clint Eastwood gearbeitet. Ich bin ein halber Amerikaner, bin auch beim Rodeo aufgetreten. Nächsten Samstag lade ich euch ins Oklahoma ein, in meine Stammkneipe. Man spielt dort *country*."

So fängt unser erster Monat in Deutschland an: Mit dem wilden Karel, der schon alles gesehen und alles erlebt hat. Wir verbringen die meiste Zeit zusammen: Ich, Jindra, Hans, Karel, Clara und die Kinder. Aber nur die Tage! Nachts schlafen ich und Jindra in unserem Zimmer. Nachdem die Kinder eingeschlummert sind, höre ich Clara durch die Wand, wie sie im Nachbarzimmer lacht und stöhnt. Dort, wo Karel wohnt. Manchmal am Abend, wenn Jindra noch liest und ich auf dem Bett liege, in die Decke starre und die Stimmen von nebenan höre, hebt Jindra seinen Blick vom Buch, sieht mich an und sagt: "Hol dich zurück auf die Erde, Mann! Was willst du einer Frau mit drei Kindern bieten? Ein Jahr im Sammellager und fünfzig Mark monatlich? Sie braucht jemanden wie Karel, der ihr mit den Kindern helfen kann."

Jindra hat so recht. Gottverdammt! Warum ist das Leben so beschissen, daß die anderen immer recht haben?

Wir sitzen im Oklahoma. Die Kinder sind bei Hans in der Pension geblieben. Clara kuschelt sich an Karel. "Vier Tequila!" ruft Karel dem Kellner zu. Dann dreht er sich zu uns und sagt: "Jungs, ich fliege in zwei Monaten mit Clara und den Kindern nach Australien, gleich nachdem wir die Formalitäten erledigt und geheiratet haben. Mit euch bleibe ich in Kontakt. Ich werde es mit den australischen Behörden klären und euch einladen. Ihr könntet am Anfang auf meiner

Farm wohnen. Das wäre doch Scheiße, wenn ihr ein oder zwei Jahre hier im Sammellager verbringen müßtet.”

”Jesus, das würdest du für uns tun?”

”Logisch, wir sind doch Freunde! Am Anfang könnt ihr in meiner Transportfirma arbeiten. Einen Lastwagenführerschein habt ihr da unten ruck, zuck. Ihr werdet euch nicht den Arsch vergolden lassen können, aber zum Leben wird’s reichen.”

”Mensch, wir schuften für dich das erste Jahr umsonst, wenn du es schaffst, uns nach Australien rüberzukriegen.”

Karel beruhigt Jindra mit der Hand. ”Versprich nicht zu viel! Sonst nehme ich dich beim Wort.” Er steht auf, geht pinkeln.

”Hast du keine Angst, mit den Kindern nach Australien zu fliegen?” frage ich Clara.

”Nee, mit Karel müssen wir doch keine Angst haben!”

Der Kellner knallt ein Tablett mit Tequila auf den Tisch. Jeder von uns streut Salz zwischen Daumen und Rücken der linken Hand, wie es uns Karel vorführt, so wie es echte Desperados machen würden: Salz, Tequila, Zitrone, Salz, Tequila, Zitrone... und dazu Johnny-Cash-Songs, die eine Band spielt. Der Abend wird mit der amerikanischen Hymne abgeschlossen. Wir stehen auf und halten unsere rechte Hand übers Herz. Alle stockbesoffen, aber glücklich. Alle bis auf mich.

Am Morgen lassen mich meine Organe im Stich, nur der Morgenständer läßt sich nicht kleinkriegen. Bei mir funktioniert immer nur das, was ich nicht nutzen kann. Ich futtere kiloweise Aspirin und spüle es mit Bier hinunter. Kopf hoch, Junge! Es gibt auch Schattenseiten im Leben. Nach der ersten Halben geht’s mir gleich besser. Jindra geht ins Schwimmbad, die gesunden Leute hier in Deutschland machen ihn verrückt.

Nachmittags kommt Clara, ob ich den Babysitter spielen könne, sie müsse etwas erledigen. ”Okay.” Ich gehe in ihr Zimmer. Sie haut ab, und ich stelle die Kinder ruhig mit Tonnen Papier und Farbstiften. Will mich hinlegen, aber die fleißige Mutter hat die Betten so zurechtgemacht, daß ich mich nicht reintraue. Bin doch kein armes Schneewittchen, um mich in einem fremden Bett von den sieben Zwergen erwischen zu lassen.

"Kommt Kinder, wir gehen zu uns ins Zimmer. Da könnt ihr auch malen." Ich packe das Malzeug, gehe hinaus, sie trotten hinter mir her.

Von meinem Bett aus beobachte ich die Kinder, wie sie auf den Boden ihre ersten Versuche auf dem Gebiet der Kunst machen. Sie tauchen in ihre Kritzeleien ein, alle drei geborene Künstler: Der Spaß ist schon da, und die Technik kommt mit der Zeit. Schade, daß ihre Mutter... Ach, was soll's! Es gibt so viele Weiber auf der Welt. Aber so einfach ist es nicht...

Meine Lider fallen zu. Nicht für lange! "Uuuuh, schneller, mach, mach, mach... Ooooh, so ist's gut, ja, ja, ja..." Die Wand schaukelt wie bei einem Erdbeben, und das Killerkommando der Schreie macht meinem Traum den Garaus. Jetzt ist mir klar, was die arme Mutter noch erledigen mußte.

Der Junge schmeißt seinen Farbstift auf den Boden, springt auf, läuft zu der Wand und brüllt. "Mutti, wo bist du? Was machst du da?" Da ächzt die Mutti nicht mehr.

Die Mädchen springen auch auf und schreien mit: "Mammi, Mammi!" Eine Grabesstille im Nebenzimmer. Scheiße! Da hab ich wieder was versaut.

Ich versuche die Kinder aus dem Zimmer rauszuscheuchen. "Kommt Kinder, das war nicht Mammi, kommt, ich kauf' euch Bonbons." Aber der Junge reißt aus und trommelt wieder auf die Wand.

"Mutter!"

"Ja, Pauli! Ich komm schon!" brüllt Clara zurück.

Da gebe ich es auf, hocke mich aufs Bett und warte. Ruck, zuck ist sie da, schon angezogen, aber noch erhitzt, fast beschnuppere ich sie. "Einen schönen Dank", sagt sie ironisch. Ich zucke mit der Schulter. Soll sie doch leiser ficken! Was muß Karel für ein Gerät haben, daß sie sich so gehen läßt?

Abends ist Jindra immer noch nicht zurück, wahrscheinlich ist er ins Kino gegangen... oder in eine Peep-Show. Als die Fickerei im Nebenzimmer wieder losgeht (jede Nummer länger als ein Spielfilm), mache ich die Augen zu, schlüpfe in Karels Körper und wichse mich bei Claras wilden Schreien in den Schlaf. Gute Nacht, Kinder! .

Tags drauf besuche ich mit Jindra einen bekannten Tschechen in der Stadt. Er feiert Geburtstag, und wir schlafen bei ihm. Erst am Abend des übernächsten Tages kehren wir zurück in unsere Pension. Ich dusche, gehe in den Gemeinschaftsraum. Clara flitzt an mir vorbei. Sieht mich nicht an, antwortet nicht auf meinen Gruß. Komisch!

Ich rufe ihr nach: "Komm, rauchen wir eine!" Aber da ist sie schon in ihrem Zimmer verschwunden. Ich gehe zur Theke, zu Hans, der heute Dienst hat. "Was ist in die gefahren?" frage ich ihn.

"Karel ist abgehauen", sagt Hans. "Er hat gestern heimlich seine Sachen gepackt und ist weg. Er schuldet hier fast die ganze Monatsmiete. Clara hat er die letzten Tausend Mark geklaut. Roman, ich glaube es zwar nicht, aber Clara denkt, ihr habt davon gewußt, daß er türmt. Sie hat gemeint, ihr wärt in Australien verabredet."

"Oh, Gott! Glaubt Clara immer noch den ganzen Schmarrn mit Australien? Dieser Mutterficker hat uns doch alle verarscht!" Hans zuckt mit der Schulter.

Ich hocke mich in die Ecke und drehe mir eine Gauloise. Dieses Schwein! Ich kann Clara nicht verdenken, daß sie keine Lust hat, mit einem Tschechen eine Zigarette zu rauchen... Doch! Soll ich die Schuld aller Tschechen auf der Welt auf mich nehmen? Verdammtnochmal! Überall werden doch tagtäglich Arschlöcher geboren! Nicht nur in der Tschechei. Adieu, Australien...

Clara meidet uns beide, mich und Jindra. Dem ist es egal, er träumt immer noch davon, Karel würde irgendwann in einem nagelneuen Truck auftauchen und uns in die weite Welt mitnehmen. Ich sehe sie nur zweimal während der ganzen Woche. Einmal spiele ich mit Paul draußen vorm

Haus, aber sie läuft hinaus und schleppt das Kind in die Pension. Ich komme mir vor, als ob ich Lepra hätte.

Wir haben endlich unser Gespräch am Landratsamt. Morgen früh fahren wir los in ein Sammellager in Niederbayern. Für ein Jahr? Oder zwei? Das wissen nur Gott und der Sachbearbeiter in Zirndorf.

Vor der Abreise klopfe ich an Claras Tür, den gepackten Koffer in der Hand. Ich kann nicht so ohne Abschied wegziehen. Trotz meiner Unschuld habe ich einen Riesenschiß vor ihr. Vielleicht ist es doch keine gute Idee, mit dem Abschied. Sie macht die Tür auf.

"Clara, wir fahren jetzt, ins Lager. Ich wollte mich nur verabschieden." Sie packt meinen Kopf und verpaßt mir einen langen Zungenkuß. Der Koffer fällt mir aus der Hand, ich will sie umarmen, doch sie stößt mich weg.

"Ich wollte nur noch einmal einen Tschechen schmecken!" sagt sie und schlägt die Tür zu.

Ich gehe hinaus vor die Pension. Die Sonne knallt mir den anrückenden Sommer direkt vor die Füße. Jindra stapft schon ungeduldig auf dem Fußgängerweg. Wir schleppen unsere Koffer zum Bahnhof.

Zurück nach Europa

Die kleine Lagerküche schwitzt aus allen Poren. Zwei Männer schuften sich durch Berge von Geschirr. Habe die beiden Polen schon im Lager gesehen, aber noch nie in der Küche. Wahrscheinlich spülen sie ihr Zeug einmal in drei Monaten, so wie sie mit den Tellern umgehen. Auch Scherben gibt es schon auf dem Kehrblech in der Ecke. Ich stelle meine vernarbten Lagertöpfe auf die Fensterbank, hocke mich auf einen Stuhl und drehe mir eine dicke Gauloises, bis die Lunge vor lauter freudiger Erwartung mit den Flügeln flattert.

Ein Glas zerschellt am Boden. "Skurwena Robota!" schimpft der Spüler, ein etwa fünfzigjähriger Kerl.

Gleich fühle ich mich daheim... In der Ferne können sogar das plumpe Kurwa und seine Derivate das Herz eines Emigranten erfreuen, diese Worte, die die Polen und Tschechen gemeinsam pflegen, dieser Sprachschatz. Kurva bedeutet im Deutschen so viel wie Hure, aber welcher Deutscher verwendet schon "Hure" hinter jedem zweiten Wort? Als eine Art gesprochene Interpunktion. Welcher Deutscher ersetzt die zahlreichen Gedankenstriche des Gesprochenen durch ein kunstvolles "Kurwapicovole" (Hurefotzeochse), wie es mein Freund Píša in Ostrava tat, dieser Meister der Reduktion, der seinen Wortschatz bis auf zweihundert Worte heruntersaufen konnte. Wer schimpft hier schon "Verhurte Arbeit!" beim Geschirrspülen oder "Hure verhurte!" über den Nachbarn? Deutsch ist die Sprache der Philosophen, das hab ich schon mitgekriegt. Hier lechzt man bereits nach den letzten Wahrheiten: Arsch, Arschloch, Scheiße... Aber eigentlich... Ja!.. Mir gefällt das Deutsche. Welchen Sinn hat es schon, die Feinde als Fotzen und Muschis zu schmähen? Die Muschi ist doch das Beste in dieser gnadenlosen Welt.

Und Hure ist ein ehrenhafter Beruf. Im Vergleich zu anderen. Nur die Slawen, in ihrem einfachen Gemüt, besudeln sich weiter mit Ausdrücken für Geschlechtsteile, obwohl im Westen längst Schimpf voller Tiefsinn erschlossen wurde.

Der schimpfende Pole wischt sich die Hände an seiner blauen Jeansjacke, dreht sich um zu mir und sagt deutsch: "Das machen zu Hause die Frau. Kann machen von dir Zigarette?"

Ich reiche ihm das Tabakpäckchen, sage in einem nordmährischen Dialekt: "Mit mir kannst du ruhig polnisch sprechen, wir werden uns schon verstehen."

Der Pole lächelt und kehrt zurück in seine Muttersprache. "Kurwa, ein Tscheche! Wo kommst du her, kurwa? Du sprichst sehr gut polnisch, kurwa." (Im folgenden lasse ich diese barocken Sprachschnörkel aus, um den deutschen Leser nicht zu verwirren.)

"Aus Ostrava", sage ich.

"Ah, Ostrava, das ist doch fast schon Polen. Ich kenne viele Tschechen, die aus Prag versteht man überhaupt nicht." Er gibt mir die Hand. "Jurek."

"Roman", sage ich.

Sein Kollege, so um die sechsundzwanzig - mein Alter - kommt zu uns und reicht mir seine nasse Hand. "Wieschek."

Der junge Pole sieht aus wie ein Italiener. Das schwarze lockige Haar fällt ihm auf die Schulter, ein paar Locken schmücken sein Strandgesicht. Sonnengebräunt. Ein Paradiesvogel. Schade, daß ich keine Frau bin. Könnte mich glatt in ihn verknallen... Vielleicht werde ich langsam schwul, wenn ich schon solche Gedanken kriege. Wäre auch an der Zeit. Im Sammellager ist es für Heteros schwierig. Lauter Männer hier, wie in einem Priesterseminar. Ich zeige auf den Tabak. "Willst du eine rauchen mit uns?" Der Typ wischt sich die Hände an seiner Levis ab. Sein Flanellhemd, das er über der Hose trägt, ist schon naß wie ein Waschlappen. Diese Polen sind wahrhaftig Weltmeister im Geschirrspülen.

Wir rauchen, bis wir die Glut an den Lippen spüren. Ich helfe den Jungs mit dem Zeug. Bald glänzen alle Töpfe,

Teller und Becher vor uns auf dem Spülbrett, geschmückt durch den silbrigen Schimmer der Messer und Gabeln. Bereit zum Abmarsch. "Komm mit", sagt der Ältere, "trinken wir etwas!" Ich lasse meine Töpfe auf der Fensterbank weiter warten, so ungeduldig sehen sie gar nicht aus.

Die Polen bewohnen ein Zimmer so groß wie ein Pferdestall. An den Wänden protzt ein Heer der obligaten Lagerbetten aus Eisenrohrgestellen. In der Mitte des Raumes sitzen an einem Tisch drei Polen, trinken Wodka aus großen Senfgläsern und qualmen Papirossy dick wie mein Daumen. Am Kühlschrank reckt sich ein Riese von einem Mann, eine gewaltigere Erscheinung als Ken Keseys Häuptling Bromden.

Jurek stellt mich vor. "Jungs! Ein Tscheche, und sogar sympathisch!" Sie drücken mir die Hände, zuletzt der Große. Meine Hand verliert sich in seiner Bärenpratze. Na, hoffentlich bleiben wir beide weiterhin slawische Brüder.

"Andrzej", sagt der Bulle. "Ich war schon 1968 in der Tschechoslowakei, mit einem Panzer. Hab euch damals die internationalistische Hilfe geleistet, gemeinsam mit den Russen." Er packt mich um die Schultern. "Findest du das nicht absurd? Jetzt ist in Polen Kriegsrecht, wir Polen und ihr Tschechen hassen wieder mal gemeinsam die Russen, sitzen hier in einem Sammellager und warten bis uns die Deutschen den beschissenen Asylpaß geben..." Er blickt zum Fenster und fügt resigniert hinzu: "...und lassen uns von den Albanern auf die Eier gehen. Verfickte Welt!"

Ich schaue zum Fenster hinaus. Im Hof hüpft einer von den Kosowo-Albanern herum. In der Hand schwingt er ein großes Küchenmesser und schreit: "Polenschwein! Kommen raus! Ich du bringen um!" Aber als Andrzej auf das offene Fenster zudonnert und Anstalten macht, rauszuklettern, haut der Albaner ab, nur sein Quieken ist zu hören. Andrzej kommt zurück, und in kurzer Zeit blödelt der blutrünstige Balkaner wieder vorm Fenster. Unlängst sollen sich die Polen mit den Albanern eine Messerstecherei geliefert haben. So das Gerücht. Einige der Albaner säßen jetzt in

U-Haft - ein Pole aus einem anderen Lager sei draufgegangen. Im Lager gibt's eine Menge internationalen Zündstoff.

Andrzej rollt angewidert die Augen, macht den Kühlschrank auf.

"Feige Sau, polnische Schwein!" schreit der Albaner dicht unterm Fenster, ein vielleicht zwanzigjähriger Junge.

Plötzlich richtet Andrzej sich vom Kühlschrank herauf. Etwas Kugeliges rotiert aufs Fenster zu. Klatsch! Ein rohes Ei explodiert auf der Stirn des Wildlings. Er heult auf, wischt sich mit der Hand das Gelbe vom Gesicht.

Andrzej sagt: "Ich war schon immer ein guter Schütze."

Er tritt ans Fenster und schlägt es zu.

Wir trinken. Im Wodkatrinken sind die Polen unübertroffen, viel besser als im Geschirrspülen, da kann ich nicht mithalten, bin nur biertrainiert. Schnaps ist mein größter Feind! Davor hab ich schon immer Schiß gehabt, vor diesem klaren Zeug... Wie soll ich meinen Durst mit diesen Fingerhutmengen stillen? Und in der Wiederholung lauert die Gefahr. Trotz der Bedenken mach ich mit. Es wird sicher kein langer Nachmittag werden...

Einer der Polen am Tisch säuft wahrscheinlich schon seit Tagen - seine Augen sind klein und rot und böse wie Sauerkirschen: "Weißt du, wie groß Polen früher gewesen ist? Ganz Europa haben wir beherrscht!" Er droht mir mit dem Finger, schwankt sich an eine vergammelte Europawandkarte heran und zeigt mir, wo überall schon mal Polen gewesen war: Vom Ural bis nach Gibraltar, von der holländischen Küste bis nach Italien.

"So groß?" wundere ich mich.

"Ja! Ohne uns, ohne Polen, würde es heute kein Europa geben! Und weißt du, warum! Weil wir alle Patrioten sind. Wir haben euch schon immer vor den Türken und den Russen geschützt. Sag mir", lallt er mich an, "warum seid ihr Tschechen so ein hinterlistiges Volk, solche Feiglinge ohne Charakter? Vor Hitler habt ihr gekuscht und vor Breschnjew auch. Die Polen sind auf Pferden gegen die deutschen Panzer geritten!"

Andrzej faßt ihn von hinten unter die Arme. "Und du wirst jetzt in dein Bett reiten, Piotr." Er trägt ihn vom Tisch weg. Bald hören wir nur noch das Schnarchen des Patrioten. Andrzej hockt sich neben mich, gießt mir einen Wodka ein und fragt: "Bist du katholisch?"

"Nein, ich bin Atheist."

"Atheist? So was gibt's doch gar nicht. Du mußt doch an etwas glauben. Jeder glaubt an etwas."

Ich trinke das giftige Zeug. "Die Tschechen glauben an nichts, nicht an Gott und nicht ans Vaterland. Wir waren schon immer zu klein, um an etwas Großes glauben zu können."

"Ihr tut mir leid", sagt Andrzej. "Aber macht nichts. Wir machen aus dir einen Polen, dann wirst du sogar den Papst zum Landsmann haben."

"Ja, dann kriegst du vielleicht einen Kuß auf den Arsch von ihm, wenn du in den Himmel kommst", sagt der hübsche Wieschek, und alle lachen.

Aber ich hab nichts dagegen, ein Pole zu werden. Nach dem vierten Wodkaglas ist mir alles scheißegal...

*

...irgendwann werde ich auf dem Mars aufwachen oder auf einer Wolke, und dann ist es aus. Wo bin ich wieder gelandet? Verdammtnochmal! Ich gucke mich um und wünsche mir diese verfluchte Morgensonne verbannt bis in das tiefste Zentrum der Milchstraße, wo sie von einem verbrüderten schwarzen Loch verschluckt werden könnte. Nichts zu machen mit dem blöden Stern, bin nicht Laplace, kann nicht mal meinen kleinen Finger bewegen, vom Universum gar nicht zu sprechen. Bin erledigt. Von der Ecke des Zimmers höre ich Geräusche, Wasserplätschern. Meine Augen kämpfen gegen die Sonnenstrahlen, aber die fächern sich auf, von Rot bis in das Schmerzlichste, in das Tiefviolette und schlagen gnadenlos zurück, bis es mir gelingt, diese Nanometerkrieger wieder in eine Gefechtsformation zu vereinen, bis ich mich an dem brennenden Strahl vorbeimogeln, bis ich dort vor der Wand den Rücken einer Frau erspähen kann. Der Rücken hat zwei Hände, die im Waschbecken klirrende Geräusche verursachen.

"Wer bist du?" frage ich.

Der Rücken dreht sich um. Líba!

"Mensch, Líbuš, was mache ich hier?"

"Das fragst du mich, Mensch? Bist hier gestern Abend reingerauscht, als ich schon geschlafen habe. Hast gejammert, daß du allein auf der Welt bist, und dann bist du zu mir ins Bett gekrochen. Ich mußte auf dem Boden schlafen, im Schlafsack."

"War ich aufdringlich?"

"Ach was! Nur aufrichtig... Du mußt dein Leben überdenken, Roman. Du kannst nicht mal besoffen einer Frau Angst machen. Du bist absolut harmlos. Wundert mich nicht, daß du keine Freundin finden kannst." Sie lacht. "Aber solltest du es doch irgendwann zu einem richtigen Mann bringen, probier's bitte nicht bei mir, sonst wachst du nicht in meinem Bett auf, sondern im Krankenhaus." Die hübsche Pragerin reicht mir eine volle Kaffeetasse. Ein Jammer, daß sie schon einen deutschen Freund hat - in München.

Ich schlürfe die heiße Brühe. Líba hantiert in der Schublade ihres Nachttisches mit verschiedenen Frauengeräten. Sie bückt sich tiefer. Einige Zentimeter vor mir schimmern weiß ihre nackten Unterschenkel, ihre üppigen Kniekehlen, aber das Üppigste, das große Runde, ist leider in einem blauen Morgenmantel verhüllt... Eine Wolke ihres Morgenduftes beschwipst meinen Kopf.

"Ja aber... Was hast du eigentlich gegen ein bißchen Morgengymnastik? Jetzt überlege mal, rein theoretisch selbstverständlich... Was würde schon passieren, wenn wir so 'ne hübsche Morgenstunde zusammen im Bett verbringen würden. An und für sich ist doch das Ficken eine gottgefällige Tätigkeit. Da kommen sich Menschen näher. Begreifst du denn nicht die soziale Dimension der Sache?"

"Ah, je... Roman, hör auf. Jetzt geht's wieder los mit der Philosophie und Soziologie. Das haben wir doch schon hundertmal durchgekaut."

"Klar. Lassen wir die Philosophie. Schauen wir uns das Problem von der menschlichen Seite an: Wir bumsen zusammen... ein hübsches Stündchen. Dir passiert doch gar nichts dabei. Ist nicht mal so langweilig wie das Zähneputzen, und das tust du dreimal am Tag. Gleichzeitig wirst du aber die gute Tat deines Lebens vollbringen. Du wirst mir neue Lebensenergie spenden. Na, was sagst du dazu? Nach einer Stunde liegen wir da, bei dir hat sich nichts verändert, ich bin glücklich. Ist doch wunderbar!"

Sie lacht. "Ja... Das kann ich mir mal überlegen. Aber nicht jetzt. Mit deiner Fahne könntest du ein Soldatenregiment vernichten."

Ich stehe auf. Mache mir keine Illusionen über die Zukunft. Mit Logik kannst du keine Frau aufs Kreuz legen. Das hab ich schon gelernt im Leben.

Die andere hier alleinlebende Tschechin ist mit einem Albaner zusammen, einem Kung-Fu-Freak. Da hab ich keine Lust, mich einzumischen. Die paar Mädels aus dem Lager gehen weg wie warme Semmeln, komisch, daß die ausländischen Jungs nicht so gefragt sind hier in Deutschland.

Zeit aufzubrechen. In der Tür stoße ich mit Líbas Nachbarin zusammen, Frau Hálová - auch eine Tschechin. Eine Frau Doktor! Oder ist nur ihr Mann Doktor? Keine Ahnung. Wie üblich antwortet sie nicht auf meinen Gruß, schubst ihren fetten Doktorarsch ins Zimmer und macht die Tür zu. Ich höre noch: "Líba! Daß du dich aber mit so was abgibst..." Ich schlurfe in mein Zimmer im ersten Stock, zu meinen Libanesen, da krieg ich zumindest was Warmes zu Essen...

Doch weit komme ich nicht... Nur kurz hat die Frau das Untier vertrieben, das Elend aus meinem Bauch. War der Kaffee doch keine gute Idee? Hop, hop... Ich galoppiere zurück ans Ende des Ganges zu den Toiletten. Das war aber knapp... Die Blechbuden erzittern. Nach dem ersten Schwall überlege ich, ob ich weiter machen soll. In die eingekehrte Stille schreit plötzlich jemand aus dem Klo nebenan wie ein sterbender Elefant. Den hat's auch sauber erwischt. Mit solchen Kotzschreien könnte mein Nachbar Karriere machen - beim Horrorfilm. Höre ich mich auch so furchtbar an? Wir synchronisieren unser Geheule. Nach einigen Minuten ist der Spaß vorbei, und wir verlassen gleichzeitig unsere Blechhäuschen. So hübsch wie gestern sieht Wieschek nicht mehr aus. Seine Augen haben Blut gesaugt, ein posthumes Gesicht... Abends Dorian Gray, morgens sein Bildnis. Aber er atmet, wenn auch schwer. Vom Waschbecken beobachtet uns Andrzej, der Riese, und lacht. "Ein eindrucksvolles Konzert", sagt er. "Ein tschecho-polnisches Kotzduo. Ihr müßt noch lernen zu saufen, ihr Memmen. Sonst habt ihr hier keine Chance."

Wir trotten heraus. "Der hat gut reden", sage ich zu Wieschek. "So einem Fleischkloß schadet eine Flasche Wodka weniger als ein Mückenstich."

Wieschek hustet noch, "bah... Mensch... ich werde nie mehr im Leben das Zeug anfassen. Das schwöre ich! Ist verdammt gefährlich so ein Kater. Der kann dich glatt an der Kehle packen. In Polen bin ich kein einziges Mal betrunken gewesen und hier passiert's mir jede Woche. Zu Hause hab ich dezent nur vier Dezi Wein am Abend getrunken, mit..." Er verschluckt den Rest des Satzes, ich sehe ihn an. Seine Augen glänzen, aber das tun meine wahrscheinlich auch, nach dieser Kotzattacke. Nach ein paar Sekunden spricht er weiter: "Ja,.. mit Sarah habe ich nur eine Flasche roten Beaujolais bestellt. Das hat uns für den ganzen Abend gereicht..."

"So ein Schwur, nichts mehr zu trinken, ist gar nicht so schlecht", sage ich, "der baut dich ein bißchen auf, bis du in ein paar Tagen wieder vergißt, wie dreckig es dir nach dem Suff gegangen ist. Dann geht's von vorne los: Wodka, Schwur, Wodka, Schwur..."

Wieschek schüttelt den Kopf. "Nie wieder, Roman. Kenne bessere Arten, mich umzubringen, wenn es soweit ist..."

"Bis dann."

Die Treppe in den zweiten Stock erinnert mich an die Cheopspyramide. Fast muß ich jede Stufe raufklettern wie ein verdammter Bergsteiger... Endlich in unserem Zimmer. Hm, wenn ich etwas Kohle hätte... Ein Bierchen würde mich schon wieder auf die Beine bringen. Kein Pfennig in der Tasche. Jindra, mein Zimmergenosse, mein bester Freund, hat auch nur traurige Augen. Muß noch ein bißchen warten. Morgen kriegen wir unser Monatsalmosen, die fünfzig Mark... Morgen werde ich mir zwei Paulaner und eine Briefmarke kaufen und an die Lucka einen wilden Brief schreiben, zwanzig Seiten... Ich lege mich aufs Bett und warte auf Morgen.

*

Gleich in der Frühe flitze ich zu dem Lagerhausmeister, zu dem Deutschen hier im Lager, zu dem einzigen Gesunden auf unserer Insel Spinalonga, der die richtigen Papiere hat und hin und wieder in die weite Welt kommt. Er ist auch der einzige im Dorf, zu dem wir Kontakt haben, der uns grüßt. Ein netter Bayer um die Sechzig. Er blättert mir meine fünfzig Piepen hin. Ich könnte gleich in die Stadt losbrettern und in einem wilden Rausch alles durch den Konsumwolf jagen: Mir zwei Bier kaufen, ein Karameleis, eine fette Schweinshaxe, zwei Schachteln Marlboro und anschlie-ßend, als den krönenden Abschluß sozusagen, würde ich im Kino ein kleines Jubiläum feiern und mir zum zehnten Mal *Alexis Zorbas* reinziehen... Und vorbei ist es mit der Kohle, Junge. Aber ich bin schon zu alt, um so leichtsinnig zu werden. Ich kauf mir lieber Briefmarken. An jede Frau, mit der ich je gevögelt habe, werde ich einen leidenschaftlichen Brief schreiben. Ihr werdet sehen, ihr Weiber, was aus mir hier in diesem Loch geworden ist. Ihr werdet über meinen Fall aus erster Hand erfahren. Zuerst aber dichte ich einen verliebten Brief an Lucka, einen romantischen, ohne die Obszönitäten, mit denen ich euch bedenke, euch, die ihr mich tausendmal verlassen und verraten habt, die ihr mich nie wolltet, die ihr mich gezwungen habt, politisch zu werden, zu emigrieren, zu leiden: Jarka, Vera, Joška, Milada, Amelie, Eva, Anka, Clara...

Oh, jeh, Mann! Ich hab glatt mein Geschirr vergessen... Das Zeug liegt seit zwei Tagen in der Küche. Da werden die Leute sauer sein, daß ich dort meinen Dreck so hab liegen lassen...

In der Küche jongliert der tschechische Zigeuner Ivan mit den Töpfen, ein dicker Kerl um die Vierzig. Immer wenn ich ihn sehe, muß ich an Julek denken, an meinen guten Freund in Ostrava, der auch Zigeuner ist. Den werde ich wohl nie mehr sehen... Ich liebe Zigeuner. Ich pack den Geschirrhaufen, will das Zeug wegtragen, das spüle ich später, da springt mich der dicke Zigeuner an... Wir fliegen beide durch die Küchentür, die Töpfe kullern auf die Gangfliesen, ein paar Teller zersplittern. "Was is'n los, Mann?"

"Du schwule Sau, du!... Du Fixer! Dir werd ich beibringen, Ordnung zu halten."

Ich komme hoch und schlägere mich ein bißchen mit dem Typen rum, bis Slavoš und Tanja, jugoslawische Eheleute, die neben der Küche wohnen, auf den Krawall aufmerksam werden und uns auseinanderreißen. Keine Ahnung, woher diese verdammten Tschechen das mit den Schwulen und Fixern haben. Hab solche Anspielungen schon öfter gehört. Na, eines ist klar: Viele unserer tschechischen Landsleute lieben Jindra und mich nicht besonders. Weil wir aus Mähren kommen? Da kriegen die Prager heiße Backen... Quatsch! Selber Schuld... Wir haben uns im zweiten Stock ganz hübsch abgeschottet von den Weißen hier unten. Die Araber oben mit ihren Kindern sind mir als Nachbarn viel lieber. Was soll ich auch bereden mit so einer Frau Doktor? Jetzt ernten wir die Früchte des Zorns. Jetzt sind wir zum Feindbild der tschechischen Masse geworden.

Ein paar Freunde haben wir doch unter den Tschechen.

Venca aus Prag schlägt mir auf den Hintern. "Komm, Roman, laß uns eine Friedenspfeife rauchen."

Tanja, die Jugoslawin, kehrt die Splitter zusammen.

Ich sage Venca: "Warte mal."

Will ihr helfen, aber die gute Tanja schubst mich weg.

"Laß es, du Kämpfer. Geh nur, ich nehme das Geschirr zu uns ins Zimmer."

Slavoš und Tanja sprechen etwas Tschechisch. Sie haben sich in der Tschechoslowakei kennengelernt, als sie in Ostrava in der Neuen Hütte geschuftet haben. Slavoš ist Serbe, aus Belgrad, und Tanja stammt aus Bosnien, aus Sarajevo. Die letzten Jahre vor ihrer Flucht haben sie zusammen in Sarajevo gelebt. Beide verstehen sich prächtig, und das gibt mir Hoffnung für die Zukunft.

Ich gehe mit Venca in den hintersten Gang unseres Klosters, wo er mit Dušan, einem Slowaken und Laszlo, einem Ungaroslowaken wohnt. Dank dem Schicksal sind also in dem kleinen Zimmer alle großen tschechoslowakischen Völker vertreten. Und wenn die Mähren auch ein Volk sind, dann bin ich gerade der Richtige. Mache aus dem Nationaltrio ein Quartett. Das deutsche Volk gehört ja seit sechsunddreißig Jahren nicht mehr dazu.

Dušan und Laszlo sitzen zusammen auf einem Bett und glotzen in eine uralte Röhrenkiste: Deutschland, Sommer 1982. Laszlo schimpft auf Venca: "Wo läufst du rum, Mann? Das Gulasch ist schon lange fertig."

Ja, verdammt fertig. Der Gulaschduft verdickt die Zimmerluft, daß man sie glatt schneiden und auf den Teller legen könnte. Göttlich! Wir setzen uns um den Tisch, und Laszlo serviert seine Spezialität. Erstaunlich, was er alles aus dem Lagerzeug zaubern kann, aus den angegammelten Halbprodukten, die wir da kriegen. Paprika, viel Paprika, sei das Geheimnis... meint er.

Wir schlemmen. Laszlo übersetzt uns dazu ins Slowakische eine besonders lange ungarische Beschimpfung, eine kleine Schimpfgeschichte sozusagen. Sie fängt mit Du an, ist aber unwahrscheinlich obszön. Selbst ich schäme mich, sie aufs Papier zu bringen. Manche Weisheiten können nur mündlich an folgende Generationen weitergegeben werden.

Laszlo holt seinen Löffel aus der Tasche. Der Stiel ist am Ende abgebogen. So haben in der tschechoslowakischen Armee die älteren Soldaten den Löffel getragen, in der Brusttasche, wie einen Bleistift. Ein schneller Löffel war beim Militär das Wichtigste. Ich fasse Laszlo an der Hand. "Was hast du da? Junge, Junge!" In die Löffelschale hat Laszlo, der Gourmand, eine Raute mit einem Strich drin eingeritzt und mit Strichen um die Raute rum, und jetzt leckt er wolllüstig das Gulasch von dem Ding. Ich lache. "Du geiler Hund!" Laszlo kann mit seiner Derbheit manch traurigen Augenblick erhellen.

Dušan gibt Venca einen leichten Elbogenstoß. "Zeig mir deine Socken."

Venca ißt weiter, die Miene eines Kindes, voll Unschuld. Dušan rückt mit dem Stuhl ein Stück vom Tisch weg, mustert Vencas Füße und seufzt. "Hätte ich mir gleich denken können!" Zu mir gedreht sagt er: "Der Gauner, der Lump, klaut meine Socken und gibt sie schmutzig zurück. Er wickelt sie aber so ineinander, wie ich es tue, als ob sie sauber wären. Das faule Schwein denkt sich wohl, ich merke das nicht. Meine ganze Sockentasche stinkt wie die Pest, auch die sauberen Socken werden angesteckt von seinem Aasgestank."

Venca lacht. "Spinnst du, Mensch, meine Füße riechen wie die einer Prinzessin."

"Ja! Der Prinzessin Stinkulinda!" brummt Dušan. "Schau, was ich mache!" Er steht auf, holt aus einem Gurkenglas am Fenster Kreide und zieht auf dem Boden mitten durchs Zimmer eine dicke weiße Linie. "Das ist die Grenze, da stehen deine Schränke und da meine. Wehe, wenn ich dich auf meiner Seite erwische. Das hier wird nur slowakisches Gebiet sein."

Der Ungaroslowake Laszlo zeigt mit seinem obszönen Löffel auf Dušan und fragt: "Und was wird aus mir? Ich habe doch meinen kleinen Schrank auf deiner Hälfte."

"Du wirst geduldet", sagt Dušan, "da kann man nichts machen. Wir können nicht das ganze Zimmer umstellen. Obwohl ich den Verdacht habe, daß du dich an meinen Slips vergreifst. Paß auf, sonst wirst du zu der ungarischen Familie am Ende des Ganges ziehen müssen."

"Du Separatist, du Hund!" brüllt Laszlo. "Du würdest mich glatt dem Ingenieur Matyaschi vorwerfen! Der versucht schon seit Monaten, aus mir einen anständigen Ungarn zu machen. Aber ich will nicht anständig werden!"

"Na, zeig mir deinen Slip. Zeig mal, was du anhast."

"Soll ich dir wirklich meinen Slip zeigen?"

"Zeig schon, Mann!"

Laszlo zieht seine Hose runter. Er trägt keinen Slip von Dušan. Er trägt überhaupt keinen. Zwischen seinen Beinen hängt seine Riesennudel, und auf diesem Ding protzt eintätowiert ein Marienkäfer. "Das hat mir ein Libanese gemacht, hat mich eine Stange Marlboro gekostet. Eine scharfe Sache, Jungs, oder?" sagt Laszlo stolz.

Wir drei prusten los. Ein Gulaschgewitter bricht über dem Tisch aus. "Mann, willst du uns umbringen mit deinen Späßen?"

Ich sollte vielleicht bei den Jungs einziehen. Dann gäbe es zumindest etwas Gaudi. Jindra will heute sowieso für ein paar Wochen nach München fahren, zu einem Bekannten.

Ich gehe nach oben. Unterwegs hole ich mein Geschirr bei den Jugoslawen ab. Tanja, das gute Mädchen, hat alles sauber gespült. Ich rauche eine Selbstgedrehte mit ihr und Slavoš. Wir reden über Kneipen in Ostrava. Sie kennen sich dort besser aus als ich.

In unserem Zimmer rattert der Kühlschrank sein Todeslied. Bald gibt das Ding den Geist auf, und dann wird es im Zimmer still werden wie auf dem Friedhof. Jindra ist schon weg. Ich untersuche meine Wunden, der Zigeuner hat mich ganz schön angekratzt.

Nachmittags kommt Wieschek und fragt mich, ob ich nicht in die Stadt wolle. Seine Zimmergenossen sind wieder beim Saufen. Wir traben aus dem Dorf auf die Hauptstraße und trampen. Ein Mercedes hält an, blau wie der bayerische Himmel. Ein Ehepaar, beide in den Fünfzigern. Ich lasse auf sie mein prima Deutsch los, "Grüß Gott", und sie winken uns auf die Hintersitze. Seit drei Monaten in keinem Auto gefahren und dann gleich ein Mercedes. Na, vielleicht geht es wieder aufwärts im Leben.

Als ihnen Wieschek sein Herkunftsland verrät, fallen sie in helle Aufregung. "Aus Polen! Sie Armer... Bei Ihnen zu Hause ist jetzt Krieg. Und man läßt sie in so einem Lager hausen. Wir schicken schon seit einem Jahr Pakete nach Polen, Kleider. Die Menschen dort können das sicher gut gebrauchen."

Sie bieten sich an, uns abends aus der Stadt zurückzunehmen. Phantastische Leute. Ist wirklich erstaunlich, wie hilfsbereit die Deutschen sind. In Ostrava läuft man vor den Ausländern weg. Ja,.. nicht immer gleich... manchmal haut man sie übers Ohr, bevor man wegläuft.

Wir bummeln durch die Stadt, gucken uns Schaufenster an. Wahnsinn, diese Riesenbuchhandlungen hier! Und man kann jedes verdammte Buch in die Hand nehmen, kann da stundenlang bleiben, lesen und nichts kaufen. So habe ich mir immer schon Utopia vorgestellt. Wieschek gerät ganz aus dem Häuschen. Er blättert Bücher durch, springt von Stand zu Stand und hetzt begeisterte Ausrufe durch die Buchhandlung, einen nach dem anderen, bis uns die Kunden und Verkäuferinnen neugierig angaffen. "Mensch, schau, *Wendekreis des Krebses* von Miller und der *Sexus*. Habe davon nur gehört. Hör mal:
'Ich mag deine Mieze, da... sie ist das beste an dir.'
'Du Hund', sagte sie."
Ich lache. "Wegen dieser Sätze würden die dich in der sozialistischen Tschechoslowakei aus dem Schriftstellerverband rausschmeißen."
"Diese verfickten Kommunisten! Was die mir bis jetzt alles vorenthalten haben. Huj! Nabokov, *Lolita* und *Pnin* und *Ada*. Mein Gott, Pynchon, *Die Enden der Parabel* und *V.* Siehst du? Alle Bücher von Castaneda liegen hier rum... Als

ob es die normalste Sache der Welt wäre. Menschenskind, vielleicht ist es ja ganz normal..."

Er drückt mir einen Band in die Hände. "Den kennst du oder?" Hrabal, *Ich habe den englischen König bedient*, und hier ist Kundera, *Abschiedswalzer*. Ich streichle ehrfürchtig die zwei Bücher - man muß die für alle Farben bis aufs Rot blinde Tschechoslowakei verlassen, um tschechische Schriftsteller lesen zu können.

Wieschek verschwindet hinter einem Bücherregal, aber gleich ist er wieder zurück. "Bukowski, Mann! Hamsun!" Kenne die Jungs nur vom Hörensagen, aber bestimmt werden die gut sein... Wenn sie bei unseren Pavianärschen nicht angekommen sind." Wieschek zaubert neue und neue Bücher hervor, jongliert mit ihnen, läßt sie durch die Luft fliegen wie die Blätter eines Kartenspiels. Er liest mir immer wieder etwas vor, bis auch ich dem Wahnsinn verfalle und fiebrig hinter ihm her laufe, um immer neue Titel und Namen zu entdecken. Mit seinem holprigen Deutsch stottert Wieschek laut die Maschinenpistolensätze aus *Tod auf Kredit* von Céline, dann packt er mich an der Schulter und sagt: "Alter, fühle mich wie damals, wenn Weihnachten gewesen ist und ich ein Kind war, mit den Unmengen geschenkter Bücher auf dem Bett vor mir und die Mutter lachend und der Vater nichtschreiend. Mensch! Ein Volk, das in Buchhandlungen so viel Bücher hat wie die Deutschen, kann gar nicht schlecht sein. Weißt du... eigentlich müßte ich den Roten dankbar sein für dieses Gefühl." Er dreht sich um, hebt die Hände, als ob er den ganzen Buchladen umfassen möchte und sagt: "So viele Schriftsteller gibt es auf der Welt... Jungs, ich stehe da mitten unter euch, jetzt werde ich mir alles vornehmen, was ihr geschrieben habt, schön der Reihe nach..." Er bricht ab, und dann fügt er Deutsch hinzu: "So viele glückleiche Jahre liegen vor mir!"

"Glückliche", korrigiere ich ihn, "glückliche, heißt es."

Zeit zu gehen. Traurig. Ich habe schon meine fünfzig Mark ausgegeben, die beschissenen Briefmarken gekauft, Tabak. Jetzt kann ich mir nicht mal ein winzigkleines Büchlein

leisten. Eine Tragödie! Vielleicht sollten wir uns jeder zwei
fette Hardcover krallen und brüllend aus dem Geschäft
ausbrechen, so daß der Laden vor Schreck zu einem Dorn-
röschenschloß wird und man uns nicht verfolgt... Ich zerre
Wieschek raus aus dem Laden, bevor er meine Gedanken
mitkriegt, sensibel wie er ist.

In der Tür dreht er sich um und ruft polnisch: "Ich komme
wieder, Leute!" Die Deutschen, die Verkäuferinnen und
Kunden sehen uns an, lachen und winken. Aber draußen auf
der Straße schweigt Wieschek wieder und lacht nicht mehr.
Wir schlendern an den herausgeputzten Schaufenstern vorbei.

"Ist was?" frage ich ihn.

Er antwortet nicht. Erst nach einer Weile brummt er vor
sich hin. "Was soll's eigentlich?.. Ein Buch hat noch nieman-
dem das Leben gerettet... Ja, aber kaputt gemacht, das
schon..." Er murmelt das nur für sich, aber ich höre ihn.

*

Unsere neuen Bekannten warten schon vor dem Rathaus.
Sie laden uns vor unserem Kloster aus und für den Samstag
zu einem Kuchenkränzchen ein. Wann hab ich meinen letzten Kuchen gegessen? Bevor ich abends einschlafe, dichte
ich mir Kuchengebete zusammen:

> Ich horte Torten
> aller Sorten
> und in der Küche
> wandle Sprüche
> zu Epitaphen
> auf die Krapfen...
> Dann süße Küsse,
> wenn sie büßen...
> Ich, wie die Föhre

vor der Röhre,
forme und backe...
Ich die Schnake
bei der Parade
mit Marmelade,
mit meinen Buchten,..
weil sie fruchten.

Was setzen sie uns am Samstag vor? Käsesahnetorte?
Marmorkuchen? Oder sogar eine Schwarzwälderkirsch-
torte?..

...die Konditorei bei uns im Städtchen: Cremerollen, Scho-
koschnitten, Mohrenköpfe, Krapfen, Povidelbuchteln, Streu-
sel-, Mohn- und Zwetzschgenkolatschen... Ich muß essen
und essen, ich kann nicht aufhören, da ist jemand, der mir
Sahnetörtchen in den Mund stopft, eines nach dem anderen... Ich will raus, ich will kotzen, ich kann keine Tür
finden... Sie holen mich, sie schleppen mich zurück auf
meinen Kuchensessel, sie schieben mir weiter Törtchen in
den Schlund und brüllen: "Du Verräter, du Faschist! Jetzt
wirst du nicht mehr weglaufen!" Oh, Gott... ich kenne ihn,
den Folterer, der mich anbrüllt... Oh, Gott,.. ich sehe ihn...
...mein... mein Vater schreit da: "Du Faschist! Du hast dich
an die Deutschen verkauft!"
Verschwitzt wache ich auf. Ich zünde mir eine Zigarette
an, liege auf meinem Lagerbett und warte auf die Sonne.
Nachmittags besucht mich Wieschek. "Wie läuft's? Schreibst
du deine Memoiren?"
"Spinnst du? Horrorgeschichten spare ich mir auf... für
lustigere Lebensphasen." Ich fuchtele mit dem beschriebe-
nen Blatt in der Luft herum. "Nur ein Liebesbrief an Lucka.
Kann ihn sowieso nicht abschicken. Beim Schreiben kenne
ich keine Scham. Meine Briefe würden die Zensoren in der
Tschechei auf den Index setzen, wegen zersetzender Porno-
graphie. Mein Gott, wenn ich dein Gesicht hätte, könnte ich
ihr statt eines Briefs ein Foto schicken... Ist es nicht unge-
recht auf der Welt? Du bist hübsch und außerdem intelligent.

Und ich nur intelligent..."

"Das kommt davon, daß du so ein ungläubiger Hund bist. Meinst du, Gott beschenkt Leute, die ihm in den Hintern treten? Du glaubst wohl, Gott ist Masochist..."

"Wenn es eine Frage des Glaubens wäre, dann hätte er doch bei eurem Walesa auch nicht so gegeizt."

"Was? Walesa ist doch der slawische Rudolpho Valentino schlechthin. Fast so hübsch wie Reagan. Könnte glatt einen Präsidenten abgeben. Aber ehe Walesa Präsident wird, werde ich tot. Außerdem hat ihm Gott eine schöne Seele gegeben. Das hat sogar der Papst bestätigt. Eine Seele ist nicht so auffällig wie ein Gesicht. Die kannst du so verstekken, daß sie niemand findet. Um eine schöne Seele beneidet dich keiner... Du hast nichts verloren. Ein hübsches Gesicht bringt nur Unglück."

"Hast du eine Freundin zu Hause?" frage ich ihn.

Er zieht ein Foto aus der Tasche. Ein bildhübsches blondes Mädchen. "Sarah." Er versteckt die Aufnahme wieder, zündet sich eine Zigarette an und sagt: "Wir sind nicht mehr zusammen. Ich mußte abhauen, sonst hätten sie mich eingesperrt. Sarah hat mir nur auf einen einzigen Brief geantwortet, auf den ersten. Sie hat mich darin gebeten, ihr nicht mehr zu schreiben. Ihre Mutter hat sie herumgekriegt, diese alte Parteihexe, die letzte Stalinistin in Polen. Die Fotze... Sie hat mich schon immer als amoralisches Element verteufelt. Jetzt bin ich noch dazu Landesfeind geworden, Verräter, meint sie. Hast du schon einmal ein Mädchen mit zweiundzwanzig getroffen, das alles tut, was die Eltern sagen? Heutzutage noch! Ich muß einen Strich machen unter die Geschichte. Je weiter weg von Polen ich komme, um so besser. Ich möchte kein romantischer Held werden. Aber Briefe schreibe ich genauso wie du, ohne sie abzuschicken. Ist wahrscheinlich so 'ne Lagerkrankheit, die Briefomanie."

"Warum schreibst du noch Briefe, wenn du die Geschichte vergessen willst?" frage ich.

"Soll ich mich umbringen? Einen Brief schreibst du immer für dich, nicht für sie. Das weißt du doch selber. Und sie ist auch nicht mehr die Alte... Sie ist imaginär... Aus vielen Briefen kannst du einen Roman zusammenflicken. Ich wollte schon immer Schriftsteller werden..."

"Und willst du es jetzt nicht mehr?"

"Mensch,.. du verlierst deine Sprache hier! Hast du es noch nicht begriffen? Das ist das Schlimmste, was uns passieren konnte!"

"Na, du machst mir aber Mut."

"So ist das aber... Und wenn du keine Sprache mehr hast, kannst du dir die Wut nicht mehr von der Seele schreiben! Einem Schriftsteller in der Fremde bleiben nur zwei Wege offen: Entweder du findest ein hübsches Mädchen, sie besänftigt die Wut... Oder du läßt dich von irgendwelchen Arschlöchern anheuern und bietest den Kanonen deine hübsche Fresse an. So kannst du deine Wut in Haß umwandeln. Mit Haß läßt es sich leben. Haß ist etwas Stilles, nicht wie die Wut... Sie zerreißt dich."

Ich schaue ihn an. "Mensch, ich weiß nicht... Ist mir zu dramatisch so was... Ich habe keine Wut. Trotzdem schreibe ich auch... Mann, ich liebe die Menschen eigentlich. Bis auf die Arschlöcher selbstverständlich. Man kann doch auch in der Fremde Schriftsteller sein."

"Wenn du keine Wut hast, wirst du nie Schriftsteller, zumindest kein guter. Aber du hast die Wut, Roman. Das spüre ich... Die Sprache verlierst du trotzdem... Langsam... wie wir alle..." Er liegt auf Jindras Bett, raucht und beobachtet mich. Eine Marlboro-Schachtel fliegt durch die Luft. Ich fange sie und zünde mir eine Zigarette an, schweige. Gibt es tatsächlich keine Rettung mehr?

Ich lache. "Jetzt hör auf mit dem Blödsinn. Mach mir keine Angst. Die Zukunft sieht doch ganz rosig aus."

Wieschek sieht mich lange an, und dann sagt er: "Wenn über die Zukunft geredet wird, kann ich nicht lachen."

*

Samstag Nachmittag holt uns Brandl ab. Wieschek ist auch froh wegzukommen. Seine Kumpel haben schon das Wochenende mit einer Flasche Wyborowa eröffnet. Womit sie es beenden, ist nicht schwierig zu erraten, aber wann... das weiß nur Gott, der Polnische.

Die Brandls bewohnen ein renoviertes geräumiges Bauernhaus am Rand eines niederbayerischen Städtchens. Das Gebäude schmachtet inmitten eines großflächigen Gartens der Sonne entgegen. Ein Obstdschungel verschlingt uns: Apfel-, Birnen- und Kirschbäume, Zwetschgen- und Aprikosenbäume, Johannisbeerbüsche... Auch einige alte Eichen hüllen uns in ihren Schatten ein. In dieser Hitze ist mir jeder Baum ein lieber Freund. Weit vorne liegt ein kleines Tannenwäldchen. Inmitten der ganzen Pracht silbert, grünt und gelbert ein kleiner Teich, teilweise mit Seerosen bewachsen, an der unbewachsenen Seite mit einer kleinen Holzbrücke versehen. Brandl führt uns zu einem Tisch unter einer uralten Eiche. Da soll mir noch jemand über manch eine Postkarte erzählen, die Welt auf ihr sei kitschig, da nicht echt. Und was ist das hier? Ist es etwa nicht echt?

Wir müssen um den Teich herumgehen. An dem Tisch sitzt ein etwa zwanzigjähriges Mädchen, sieht gar nicht bayrisch aus. Während wir um den Teich herumtrampeln, blinzelt sie uns und der Sonne entgegen. Zweimal streicht sie eine Strähne ihres geraden schwarzen Haares aus dem Gesicht, ein Pagenschnitt. Wir kommen näher. Sie sieht hübscher aus als ein Page: Ihre Augen sind dunkelbraun und ihr Lächeln warm, als sie uns begrüßt. Ihr weißes, kurzärmeliges T-Shirt verrät, daß sie keinen BH trägt,.. tja, damit muß ich wohl leben. Sie steht auf, glättet ihre blauen Levis. Bevor sie uns die Hand reicht, legt sie ein Buch auf den Tisch: *Stille Tage in Clichy*. Ach du liebe Güte, was hier die jungen Damen nicht alles lesen!

"Unsere Tochter Annika", stellt Brandl sie vor. "Entschuldigung, ich habe jetzt ihre Namen wieder vergessen."

"Wieschek."

"Roman."

"Seid ihr beide Polen?" fragt sie.

"Nein, ich bin Tscheche."

"Kennst du Vaclav Havel?"

"Nie von ihm gehört. Wer ist das?"

"Ein tschechischer Oppositioneller. Hat die Charta 77 unterschrieben."

"Ach, da hab ich keine Ahnung. Die Tschechen kennen ihre Oppositionellen nicht." Sie sieht mich etwas skeptisch an. Tja, besonders brillant habe ich mich nicht eingeführt, ich dummer Hund. Bevor ich das nächste Mal Leute besuche, muß ich ein paar Emigrantenzeitungen durchblättern, damit ich meine Nationalhelden endlich kennenlerne. Wie soll ich dem Mädchen klar machen, daß Ostrava Tausende von Lichtjahren von Prag entfernt ist... im intellektuellen Raum. Das eiserne Herz der Republik waren wir, nicht ihr Gehirn.

Annika dreht sich zu Wieschek und fragt ihn: "S kond ty pochodisch?"

Wir müssen ganz schön dumm dreinschauen. Vater und Tochter lachen. "Annika studiert in München Slawistik, Polnisch und Russisch", erklärt der Vater. Verdammt! Jetzt können wir nicht mehr ins Polnische wechseln, wenn wir den Kuchen, den guten Freund, schmähen wollen. Jedes Vorteils wird man im Ausland beraubt.

Wir setzen uns. Eine Tür im Haus fliegt auf, ein etwa siebzehnjähriger Junge hält den Türflügel, während Frau Brandl mit einem dampfenden Tablett herausmarschiert: Kaffee, Apfelstrudel, Käsekuchen. Die Deutschen wissen zu schmausen. Der Junge, der Sohn, heißt wie die ultimative Antwort Österreichs auf die Männlichkeitsfrage, leicht zu merken. Nachdem wir uns alle begrüßt haben, sagt die Mutter: "Arnold, hol den Zucker", und der Junge rennt wie Conan der Barbar.

Wieschek, Jaruzelski und Walesa stehen im Mitttelpunkt des Gesprächs. Werde fast neidisch. Na, ja, wenn die Tochter so gut polnisch spricht...

"Und was haben die Menschen in der Tschechoslowakei zur Solidarnosc gesagt? Wie haben Sie die polnische Revolution gesehen, diese Massenbewegeng, die Streiks?.. Haben Sie überhaupt etwas davon erfahren?" fragt mich der Gastgeber.

"Die tschechischen Stammtischexperten haben gedacht, daß die Polen faul sind, daß sie nicht arbeiten wollen", sage ich.

"Waaas?" fragt Annika.

"Na, ja. Fast jeder bei uns schimpft über die Regierung, über die Kommunisten. Aber viele lassen sich gleichzeitig von der ganzen Propaganda verblöden. Es ist sehr leicht, Feindbilder aufzubauen. Die Leute wissen zwar, daß das nicht so stimmt, was sie im Radio und Fernsehen hören, was sie in Zeitungen lesen. Aber sie hören vierzig Jahre lang immer dasselbe. Da bleibt schon was hängen, da ist es schwierig, die Wahrheit rauszufiltern."

"Haben Sie nicht 'Freies Europa' oder 'Stimme Amerikas' gehört?"

"Wer hat schon die Nerven, den ganzen Abend vor dem Radio zu hocken und nach jedem Wort zu schnappen wie nach einem flinken Fisch. Die Sender wurden massiv gestört. Außerdem habe ich keine Lust gehabt, mir anzuhören, was Reagan über die Welt denkt."

"Na, was hast du gegen Reagan?" sagt Wieschek. "Wäre er nicht amerikanischer Präsident, hätten die Russen sich schon längst Europa geschnappt." Aber bei seinem Einwurf sind auch die Deutschen skeptisch. Hop und Hop, weg von der Politik... Wozu auch gute Freunde verlieren?

"Ich finde es phantastisch, daß die Menschen in Deutschland so hilfsbereit und offen sind", sage ich. "Ich kann mir nicht vorstellen, daß die Tschechoslowakei so viel Ausländer aufnehmen würde. Bei uns in der Stahlhütte haben ein paar Kubaner gearbeitet. Bei jeder zweiten Tanzunterhaltung hat man sie verdroschen, so daß die Jungs dann lieber zu Hause geblieben sind."

Brandl sagt: "Ja, so kann es auch bei uns nicht weitergehen, mit den Ausländern. Aber das betrifft nicht Sie. Sie sehen doch wie Deutsche aus..."

Ich picke an meinem Käsekuchen herum, antworte nicht. Plötzlich ist mir etwas kalt geworden, obwohl die Sonne scheint.

"Ja", sagt die Hausherrin. "Bei Ihnen merkt man doch gar nicht, daß sie keine Deutschen sind."

Wieschek und ich gucken uns an. Auch er schweigt. "Aber das ist doch scheißegal, wie sie aussehen", sagt Annika und lacht. Eine warme Brise tätschelt mich am Rücken, am Gesicht. Das Mädchen lächelt, die Sonne scheint, vor mir liegt ein prachtvoller deutscher Käsekuchen... was will ich mehr?

Nach dem Kaffeetrinken gehen wir spazieren. In Paaren marschieren wir durch den großen Garten. Die Partner wechseln wie bei einer Tanzparty. Ein Weilchen rede ich mit Brandl, dann mit seiner Frau. Mit dem jungen Arnie unterhalte ich mich über *Easy Rider*, über den Film, er will sich eine Harley kaufen und losfahren in die bayerischen Hügel. Na, hoffentlich gibt es da auf dem Land keine bösen Farmer mit Gewehren!

An Annika komme ich gar nicht ran. Sie bildet die Hälfte des einzigen stabilen Paars hier, dessen Partner immer wieder zusammenfinden, auch wenn sie von Zeit zu Zeit durch einen Eindringling getrennt werden - die beiden spielen das Walzerkönigspaar auf unserer Gartengala...

Abends fährt uns Brandl in unser Loch zurück. Nächsten Samstag sind wir zum Mittagessen eingeladen.

*

Und wieder ein neuer Sonnentag. Ich wälze mich noch im Bett, versuche meine Säfte zu beruhigen, da klopft jemand an die Tür. Ich zieh die Decke über mich. "Herein!"

Jemand Bekannter marschiert rein... Scheiße! Ja, ich kenne die Person, aber trotzdem dauert es ein paar Sekunden, bis ich eindeutig Tanja identifizieren kann.

"Mensch, Tanja, was ist passiert?"

Sie macht den Mund auf, eine einzige Wunde, nur hie und da ein Zahn, die meisten aber weg, ausgeschlagen. Sie lippelt mühsam, der Mund kämpft gegen das Starre, sie lispelt. Unter Tortur erzählt sie mir die wilde Geschichte: Vor ein paar Wochen hätten drei Deutsche das Lager besucht. Sie sind mit einem Lieferwagen gekommen und haben hier verschiedene Zeitschriften verteilt. Tanja haben sie eine Liste mit Titeln gegeben, sie hat an die zehn Mal unterschrieben. Die Arme dachte, sie kriege die Zeitschriften als Geschenk von den guten Deutschen. Aber die sind nicht gekommen, um Geschenke zu machen. Gestern sind zehn Aborechnungen reingeschneit - ein paar Hundert Mark.

Als Tanjas Mann Slavoš die Rechnungen sah, flippte er aus. Er hat im Geschäft neben dem Lager eine Flasche Rum geklaut und sie auf ex getrunken. Dann schlug er zu und hörte nicht auf. Sie ist auf den Flur geflohen, er hinter ihr her, wo die ganze Aktion von den anwohnenden Tschechen beglotzt wurde. Jeder hatte eine Wahnsinnsangst vor dem wütenden Slavoš. Hätte sich einer der jungen Albaner nicht dazwischen geworfen, wäre es jetzt aus mit Tanja. Tja, daß die Tschechen nicht eingegriffen haben, wundert mich nicht. Slavoš sieht schon nüchtern furchterregend aus.

"Und wo ist jetzt Slavoš? Hast du die Polizei gerufen?"

"Ach, was! Polizei... das bringt doch nichts. Slavoš schläft sich aus."

"Macht er so was öfter? Hat er dich schon früher geschlagen?"

"Nein... Nie! Wir sind seit fünfzehn Jahren zusammen. Er hat mich bis gestern nicht mal angeschrien. Es herrschte immer Frieden... bei uns. Roman, kannst du nicht einen Brief an die Zeitungen schreiben? Daß ich kein Geld habe. Ich kann die Abos nicht bezahlen?"

"O.K." Wir setzen uns an den Tisch, und ich stelle mein Deutsch zum erstenmal in den Dienst der Menschheit, dichte eine Erklärung an die Zeitschriftenverlage. Fertig... Ich sollte wirklich Schriftsteller werden.

Tanja verschwindet mit dem Wisch.

Ich lege mich hin und verstecke mich hinter meinen Augenlidern.

...ich bin ein Volkschamäleon, das kosmopolitische Tier, das jeden Tag die Farben wechselt. Heute trage ich rot. Auf meinem Rücken glänzt ein schwarzer doppelköpfiger Adler. Das albanische Tier bin ich. Eine riesige Fußsohle senkt sich plötzlich vom Himmel...

Das Aufwachen entlarvt und rettet mich. Ich zünde mir eine Zigarette an. Slavoš und Tanja, Slavoš und Tanja... Gottseidank sind die Völker vernünftiger als die einzelnen Menschen. Sonst würde ich mich fürchten um Europas Zukunft. Oder kann sich auch ein Volk besaufen?

*

Am Mittwoch jogge ich im hiesigen Wald. Keine Angst vor den deutschen Gnomen. Bin doch kein Romantiker mehr. Ich laufe auf einem Pfad am Wald entlang. Weit vor mir sitzt auf einem Haufen gefallener Baumstämme ein Paar. Die entfernten Gestalten verschwinden beinahe vor dem Hintergrund der großen Tannen. Eine fast transzendente Eingebung treibt mich aber vom Pfad in den Wald hinein, bevor sie mich bemerken, bevor ich sie erkennen kann. Einatmen, ausatmen, einatmen, ausatmen... Der Atem befreit mich von der Macht der Gedanken, der Vermutungen...

*

Und wieder das Klopfen an der Tür. Donnerstag und schon der zweite Besuch in dieser Woche. Wie am Wenzelsplatz... Wieschek. "Na, schon wieder am Schreiben, Alter?"

Ich zerknülle die zwei Blätter an Lucka und schmeiße sie

in den Abfallkorb. "Wenn ich Wünsche und Träume auch so einfach zerknüllen könnte... das wäre eine feine Sache."

Wieschek lacht. "Sei froh über die Träume. Es gibt Leute, die nicht mal Träume haben. Ein Traum ist ein gutes Fundament. Da, vielleicht magst du es lesen. Das habe ich in Polen noch vor dem Kriegsrecht geschrieben. Die Geschichte hätte eigentlich keine Menschenseele mehr erblicken sollen. Mann, war ich bescheuert." Er reicht mir ein getipptes Manuskript, an die hundert lose Blätter: *Sarah.*

"Oh, Mann! Du bist ein wirklicher Schriftsteller... Ein Schriftsteller aus Fleisch und Blut und... ich kenne dich! Da muß man erst in einem Sammellager landen, um die richtigen Bekanntschaften zu machen."

Wieschek schüttelt den Kopf. "Ich bin kein Schriftsteller. Ich habe nie etwas veröffentlicht. Da mußt du dir andere Helden suchen."

"Als ich klein war", sage ich, "war für mich Schriftsteller gleich mit Gott. Seitdem haben mir die sozialistisch-realistischen Arschlöcher die Ehrfurcht vor der Schriftstellerei ausgetrieben. Nur wenige Jahre haben diese Hunde gebraucht, um aus dem geschriebenen Wort ein Kotzmittel zu machen."

Wieschek nickt mit dem Kopf. "Wir sind uns verdammt ähnlich, mein Freund, verdammt ähnlich. Ich hoffe nur für dich, du spinnst weniger als ich. Hast du außer Briefen auch etwas anderes geschrieben? Noch in der Tschechei, meine ich..."

"Mensch, ich schreibe, seit ich denken kann. Meinen ersten Roman hab ich mit 11 verfaßt. Einen Krimi für meine Mutter. Und als ich mit zwanzig noch an den Sozialismus geglaubt habe, schickte ich massenweise Geschichten an die Zeitschriften. Doch keine einzige wurde veröffentlicht. Ich solle mehr Klassiker lesen, hat man mir geantwortet. Ja, Mann... aber für mich waren die Klassiker Dostojewskij und Kafka! Irgendwann habe ich angefangen, Briefe zu schreiben. Da kannst du sicher sein, mindestens einen Leser zu haben. Und das ist schon sehr viel... Jetzt habe ich aber auch diesen letzten Leser verloren..."

"Hebe deine Briefe auf. Die Schubladen sind langlebig", sagt Wieschek, "langlebiger als Menschen und Systeme. Schau, Mann! Siehst du? Draußen scheint die Sonne."

"He, wo hast du plötzlich deinen Optimismus her? Letzte Woche hast du mir die Bude vollgejammert."

"Das war eine momentane Verwirrung gewesen", lacht der Pole, tritt ans Fenster, blickt hinaus und sagt: "Der Wald da, der sieht wunderschön aus..."

Er geht weg, und ich lege mich in seine Geschichte hinein. Das geschriebene Polnisch kommt mir wie eine exotische Sprache vor, die mich nur entfernt an etwas Bekanntes erinnert. Ich rezitiere die Sätze laut, kann den Text immer besser in das gehörte Polnisch übersetzen... Guckt, Leute! Roman, das kleine Sprachgenie. Ich... lese polnisch! Wiescheks Geschichte ist eine Zeitmaschine, die mich Jahre zurück bringt, auf Wiesen mit Anka, an den plätschernden Fluß mit Amelie - auf die einsame Kiesbank, in den Nachtgarten von Jarkas Eltern, wo ich mich mit Jarka zum erstenmal geliebt habe. Ich zum erstenmal, sie zum erstenmal... wir zum ersten Mal...

Ein arabischer Schrei vom Draußen, vom Gang, prügelt mich aus dem Abenteuer wieder in die Öde, und... in die Furcht. Verreckt auch diese pralle Liebesgeschichte in dem gewohnten schlechten Ausgang,.. wie ihn das Leben bereithält? Wiescheks pathetisches und tragisches Ich füttert meine Gedanken. Ich habe Angst, die letzten Seiten zu lesen, aber gleichzeitig verfalle ich der Spannung der Erzählung und fiebere dem Ende entgegen. Huch. Die letzten Sätze treten der Angst in den Arsch. Wiescheks Geschichte ist viel schöner als das Leben... Nicht kitschschöner: Die Pointe frißt die Erzählung nicht, der Schluß geht auf im Urknall neuer Universen, neuer Geschichten. Ich schließe die Augen, und fliege mit ihnen, mit den Geschichtenplaneten, mit den neuen Welten... Es lohnt sich... zu warten. Ja, ich werde warten. Ich werde diese fremde deutsche Sprache lernen, und irgendwann werde ich selber Universen zum Ausbruch verhelfen... wie Wieschek... Wie Wiescheks Märchen aus tausendundeiner polnischen Nacht.

Mit diesem großartigen Ziel läßt es sich doch ganz gemütlich leben! Oder?

*

Jessesmaria, soll ich das alles aufessen? Am Samstag bei den Brandls kriegen wir jeder einen Teller so groß wie ein Autoreifen, voll beladen mit Schweinebraten, Kraut und Knödeln. Diese Menge würde eine tschechische Familie eine Woche lang ernähren. Annika ißt nur Salat, sie ist Vegetarierin. Ich kann mir bei dem Lagerfraß keine solchen Macken leisten, so'n Stück Schwein werde ich sicher ein Jahr nicht mehr unter die Augen bekommen. Auch der Pole Wieschek hat es nicht so mit dem Vegetarischen. Frau Brandl freut sich, wie es uns schmeckt. Nach der zweiten Gabel hofieren wir die Hausherrin mit einer Lobhudelei auf ihre Kochkünste, bis sie sagt: "Das meiste hat mein Mann gekocht." Brandl verzeiht uns den kleinen faux pax.

Nach dem Schwein kriegen wir Kaffee. Annika hockt neben mir. Wie die Frucht der Honigmelone duftet sie. Wieschek sitzt uns gegenüber. Ich könnte da unter dem Kirschbaum bis ans Ende meines Lebens ruhen, verdauen und zuhören, wie alle Wieschek bemitleiden, daß in seiner Heimat Kriegsrecht herrsche, wie sie sich an seinem verfluchten Schicksal ergötzen. Manchmal ist es angenehm, nicht selber den Helden zu spielen, der Aufmerksamkeit anderer zu entfliehen... Vor allem bei der Verdauung. Und Wieschek hat sie sicher verdient, die Heldenrolle, unabhängig von Jaruzelski. Wenn er nur nicht die ganze Zeit mit seinen Füßen an meinen Unterschenkeln fummeln würde. Kleine Spielchen unterm Tisch? Was soll das?

Frau Brandl verschwindet und ein paar Minuten später erscheint sie wieder mit einem Haufen alter Hemden in den

Armen. Kunstfaserhemden, die man meistens zum Anzug trägt. Hab noch nie so ein Ding angehabt.

"Wir haben da ein paar gebrauchte Sachen. Hoffentlich sind Sie nicht beleidigt, wenn ich's Ihnen anbiete. Ich muß das doch nicht alles nach Polen schicken", sagt Frau Brandl.

"Aber Mama! Die Jungs tragen doch so was nicht", sagt Annika.

"Warum denn nicht? Sind die besser als... Das sind doch gute Hemden? Oder?"

Wir meditieren über dem Haufen. Was sollen wir machen? Eigentlich hab ich Hemden genug, zwei, Flanellhemden... Ich sehe unsere Gastgeberin an. Düstere Falten beginnen langsam ihre Stirnhaut zu wellen.

"Phantastisch", sage ich, "warum sollten wir beleidigt sein? Sind doch prima Hemden! Ich hab fast nichts mehr zum Anziehen."

Die Hausherrin lächelt mich an. "Ich habe mir gleich gedacht, daß Sie sie gebrauchen können."

Im Lager sagt Wieschek, "das kannst du deinen armen Verwandten in die Tschechei schicken", und lacht blöde. Er überläßt mir das Geschenk. Aber abends besucht mich Hassan, der alte, hinkende Libanese, er möchte etwas Margarine. Ich geb ihm fünf Packungen. Wir kriegen so viel von dem Zeug in den Essenspaketen, daß wir mit unseren Vorräten das ganze Klostergebäude einfetten könnten. Als Hassan weggeht, bemerkt er auf dem Tisch den Hemdhaufen. "Schön Hemd..."

"Willst du? Dann nimm's mit." Er freut sich mehr darüber als Wieschek und ich... Oder spiele ich jetzt die Frau Brandl vor der armen Sau, die da mit sechs Kindern und Frau auf Asyl wartet, schon seit fünf Jahren? Ach was... Vielleicht kann er sie irgendwo auf dem Flohmarkt verscherbeln. Er packt die Hemden und haut ab.

*

Den Lagerhof mit den Mülltonnen, mit dem Haufen Dreck um sie herum, haben die libanesischen Kinder beschlagnahmt... als Spielplatz. Sie spielen mit Dingen, die irgendwann vor Jahren als Spielzeuge lebten. Seitdem sind sie zu traurigen nicht einordbaren Resten verkommen: Blech, Plastik, Holz. Ich sitze auf einer niedrigen Mauer, rauche, beobachte die Kinder. Wieschek tritt aus unserem Kloster heraus und hockt sich zu mir.

"Das war die wunderschönste Liebesgeschichte, die ich je gelesen habe", sage ich.

Wieschek lächelt. "Das war die wunderschönste Liebesgeschichte, die ich je gelebt habe. Nur hat das Leben der Geschichte die Puste abgedreht." Er bastelt sich eine Zigarette aus meinem Tabakpäckchen. "Weißt du...", sagt er und verstummt. Ich warte. Er schüttelt plötzlich den Kopf und setzt fort: "Unglaublich... Ich wollte das Manuskript wirklich vernichten... Danach,.. nachdem wir auseinander gegangen sind. Mensch, das verstehe ich überhaupt nicht. Noch vor zwei Wochen wollte ich das Zeug verbrennen." Er fängt an zu lachen. "Du, ich wollte es hier in Deutschland packen, nachdem ich diesen Brief von Sarah gekriegt hab. Ja, so ein Blödmann war ich. Ich wollte hier abhauen. Wollte bei der Fremdenlegion anheuern."

"Spinnst du? Gibt es so was überhaupt noch? Fremdenlegion, jessesmaria!"

"Klar gibt es die. Und wenn du dich für jemanden umbringen lassen willst, findet sich immer eine Gelegenheit. Habe mir sogar von so 'ner Organisation Material schicken lassen. Die haben sofort geantwortet. Die würden mich gleich nehmen. Willst du die Adresse?"

"Bist du verrückt? Diese Idioten können mich mit ihrem Soldatenscheiß am Arsch lecken, alle." Ich umarme ihn. "Wieschek, Mensch, du bist doch ein verdammter romantischer Held."

"Tja, ich komme mir manchmal auch ganz bescheuert vor", sagt mein Freund, der Pole, der Schriftsteller, dessen

Liebesgeschichte die *Sylvia* von Gerald de Nerval vom
ersten Platz meiner Liebesgeschichten-Hitparade verdrängt
hat.

*

Die Katastrophe passierte am folgenden Samstag. Frau
Brandl holte uns ab. Ihr Mann sei mit ihrem zweiten Wagen
noch in der Stadt. Er komme später. Der Kuchen hat es sich
schon in unseren Bäuchen gemütlich gemacht, wir saßen im
Garten am Tisch, genossen die Siesta: Wieschek, Annika,
Arnold und ich. Plötzlich fiel Herr Brandl zwischen uns ein
wie eine Bombe. Er packte Annika an der Schulter und zog
sie ins Haus. "Komm mit." Aber er hätte sie auch vor uns
auseinandernehmen können, das Haus verminderte nur die
Lautstärke, verhinderte aber nicht das Verstehen: "Was
denkst du dir eigentlich! Frau Schneider hat euch gesehen!
Draußen im Wald. So ein Dreckspolacke, ein Asylant. Man
will ihnen helfen, und die möchten sich gleich alles unter die
Finger reißen. Meinst du, daß ich das ganze Leben geschuftet habe, um alles so einem Polacken ins Maul zu stopfen!"
Frau Brandl stelzte auf das Haus zu. Zwei, drei Wortge-
schosse sausten noch an uns vorbei... und dann verstanden
wir nichts mehr. Als ob sie am Radio die Lautstärke herun-
tergedreht hätte. Ich saß da wie auf einem Dornbusch.
Wieschek rauchte eine Zigarette, das Gesicht zu einer Skulp-
tur erstarrt. Es war vorbei mit dem Schmausen.
Die Alte kam raus und sagte: "Könnten Sie, bitte, sofort
unser Haus verlassen!"
Wir trampten. Die lange Straße vor uns, weit vorne verschluckt von den bayerischen Wäldern. Dahinter unser Kloster.
Ich klopfte meinem Freund, dem Polen, auf die Schulter. Er
schwieg. Noch drei Wochen sah ich ihn jeden Mittwoch
beim Joggen dort auf den Baumstämmen sitzen, wo ich noch
vor kurzem ein Paar gesehen hatte. Weit vor ihm bog ich

immer in den Wald ein. Ich wollte die Erwartete nicht verscheuchen. Aber er saß immer noch allein da, wenn ich zurücklief. In der vierten Woche blieb der Platz leer. Abends wollte ich sein Manuskript noch mal lesen, wollte mir einen Wieschek-Abend machen, einen Andenken-Abend,... um schnell vergessen zu können. Die betippten Blätter lagen nicht mehr im Schrank, wo ich sie aufbewahrt hatte.

*

Wiescheks Freunde sagen, er sei nach Polen zurückgekehrt. Ich aber weiß, wo er wirklich hingefahren ist. Lebewohl, mein Freund!

*

Das Bett am Abend ist die Brücke zum nächsten Tag. Wie oft werde ich noch diese Brücke überqueren müssen?.. In ein paar Tagen kommt Jindra zurück. Ich freue mich auf ihn... Werde ich irgendwann Wiescheks Liebesgeschichte schreiben können? Für meine Freunde... Werde ich je Liebesgeschichten mit einem glücklichen Ausgang schreiben können?

Die libanesischen Kinder weinen. Von unten höre ich das Brüllen der Besoffenen. Aus dem Zimmer der Indonesen schallen die gewohnten Pornoschreie: "Fick mich, spritz mich voll mit deinem Saft..." Ein paar Glückliche haben sich für eine Mark einen sorglosen Videoabend gekauft. Die Lagergeräusche. Fast wie in einem richtigen Kloster, wo Ruhe und Friede und Sehnsucht nach Gott herrschen...

Go West!

Liebe Lucie! Fany hat mir geschrieben, man habe Dich an der österreichisch-jugoslawischen Grenze erwischt und zurück in die Tschechei abgeschoben. Hoffentlich wirst Du diesmal nur mit dem eingezogenen Paß, schlimmstenfalls mit Bewährung davonkommen. Bei der Gelegenheit möchte ich mich direkt an die Herren vom Innenministerium wenden, da sie sicher die Gelegenheit bekommen werden, meinen Brief an Dich zu lesen: Liebe Genossen, habt Mitleid mit meiner Freundin Lucie Troníková - ich habe sie durch maßlose Beschönigungen in den goldenen Westen gelockt. Ihr solltet diese Ausgeburten meiner kranken Phantasie (selbstverständlich ist der Westen total, aber total anders) nicht weiter lesen - der Virus, der mich befallen hat, ist auch mittels Geschriebenem übertragbar. Gott bewahre, daß wir uns irgendwann hier in Nürnberg in einem gemütlichen Biergarten treffen. Für Dich, Lucie, skizziere ich jetzt wie üblich die Ereignisse der letzten Tage - Dich kann man für den Sozialismus nicht mehr retten.

*

Ich sitze im Auto auf dem Rücksitz, schaue mich um, es nieselt, das rote Ziegelgebäude des alten Klosters, des Sammellagers, in dem ich das letzte Jahr gestorben lag, wird kleiner und kleiner und mein Herz größer und größer... Den Reiseausweis wärme ich an der Brust - in der Tasche meiner Jeansjacke. Lucie! Ich hab endlich politisches Asyl gekriegt. Die ganze Welt liegt mir zu Füßen.

Nürnberg! Das Gewicht der Jahrhunderte spürt man hier

auch in den eigenen Knochen. Klar spottet Prag über jeden Vergleich - gegen diesen Pfau unter den Städten nimmt sich Nürnberg wie eine kleine Amsel aus, aber doch!.. gar nicht so schlecht dieses Städtchen. Knoblauch setzt uns im Zentrum ab. Wir winken ihm nach - so gehen Menschen auseinander, die zusammen ein schlimmes Jahr durchlebt haben.

Ich und Jirka suchen uns zuerst eine Bleibe - der Mittwoch stirbt langsam. Das neue Leben muß man würdig mit einem netten Wohnsitz beginnen. Doch die Leute hier sind verdammt mißtrauisch - keiner glaubt uns, daß vor uns bald alle Reichtümer der Welt liegen: Ohne Arbeit, ohne Kohle, keine Wohnung. Die erste Nacht pennen wir am Bahnhof.

Am Donnerstag bleibt uns nichts anderes übrig, als unsere Schmarotzer-Rolle am hiesigen Sozialamt vorzuspielen. Typisch Ausländer! Die nette Frau im Büro gibt uns zwei Einweisungsscheine in ein Heim. Meine Güte, so ein hübsches Zimmer, ein riesengroßes hübsches Zimmer. Und das für uns? Logisch schlafen wir hier nicht allein; wir teilen diesen Palast mit weiteren fünfzehn Pennern, pardon, mit noch einigen mehr, wie wir in der Nacht erfahren. Manche der Penner haben gesündigt, sind bis ans Ende ihrer Tage aus dem Heim vertrieben worden - die lassen wir abends durchs Fenster rein, damit sie sich nicht draußen den Arsch abfrieren müssen.

Am Freitag bummeln wir durch die Stadt: Wie schaut es hier mit Arbeit aus? Jetzt packen wir endlich das neue Leben an! Tja, aber am Freitag?

Am Brunnen vor der Lorenzkirche wird gefeiert. An die zwanzig Penner sitzen da, trinken den guten Rotwein aus den berühmten Zwei-Liter-Flaschen und brüllen den Vorbeigehenden hübsche Lieder in die Ohren. Einer besitzt sogar eine Gitarre, zwar nur mit drei Saiten, aber sonst sieht sie aus wie eine echte. Diese Nürnberger Knaben stimmen gerade *Yellow Submarine* an - Wahnsinn! Mensch, Lucie, kannst Du Dir einen Chor von zwanzig Pennern vorstellen, der am hellen Nachmittag auf einem ehrwürdigen Stadtplatz vor einer Kirche *Yellow Submarine* singt? Wir hocken uns dazu und grölen mit. Man bewirtet uns mit dem Wandkletterer (er schmeckt genauso wie der tschechische Fusel) - die Penner sind ein ausländerfreundliches Volk.

Nachdem wir uns genügend ausgetobt haben, spazieren wir weiter. Vielleicht sollten wir in den Kneipen nach einem Job fragen?.. Etwas knallt mich plötzlich von hinten an die Wand eines Geschäftes, jemand drückt meine Handflächen hoch über den Kopf an den rauhen Putz der Wand. Gleichzeitig zieht mir eine unbekannte Kraft die Beine auseinander, flinke Hände fahren von unten nach oben meinen Körper ab. Ich drehe den Kopf etwas zur Seite, woher ich Jirkas Stimme und "...was ist los? Verdammte Scheiße!" höre. Mein Freund kratzt genauso wie ich mit der Stirn den Hausputz ab, zwei Bullen drücken seine Hände an die Wand, ein dritter durchsucht ihn mit der Linken und seine Rechte fummelt dabei mit 'ner Kanone. Jessesmaria, dann sind die Räuber hinter mir auch Bullen. Was haben wir wieder angestellt? Tja, Lucie, Du meinst sicher: Daran würde ich doch gewöhnt sein, mich von Bullen verprügeln zu lassen. Da muß ich Dir schon recht geben, aber sag mir bitte: Wann haben die in der Tschechei jemals die Kanonen gezückt? Dort ist die Züchtigung doch auch mit dem guten alten Knüppel gegangen. Na siehst du?

Sie sind mit zwei Wagen da, so könnten wir's gemütlich haben - ich sitze im ersten Auto auf dem Rücksitz (zum erstenmal im Leben in einem BMW), zwei Polizisten vorne, einer neben mir mit der nackten Pistole. Aber von Gemütlichkeit keine Spur - ich muß beide Hände auf die Rückenlehne des Vordersitzes legen, nur zu atmen erlauben sie mir. Hinter uns in dem zweiten Wagen spielt sich wahrscheinlich dieselbe Vorstellung ab. Die uniformierten Leute sind schon immer perfekte Choreographen gewesen.

Auf der Polizeistation werden wir noch mal durchsucht, jetzt aber ordentlich. Da sieht man gleich: Hier sind keine Amateure am Werk, die haben's schon mit echten Verbrechern zu tun gehabt, mit Mafiosi und Terroristen, nicht wie die tschechischen Bullen nur mit asozialen Jugendlichen und den paar Oppositionellen in Prag. Ich muß mich nackt ausziehen, die Beine auseinander spreizen, mich vorbeugen, dann guckt einer in mein Arschloch, ob ich da eine Granate versteckt habe. Gottseidank sind wir Tschechen ein saubeAes Volk. Hin und wieder frage ich nach dem Grund unserer Festnahme, aber die Beamten sind stumm wie die Marx Brothers in der Oper.

Wir werden abgeblitzt: Von vorne, von den Seiten, dann die Fingerabdrücke - kennen wir doch schon alles aus der sozialistischen Heimat. Warten, Warten... Warten! Die Stunden kullern an uns vorbei in das Loch der Vergangenheit - das Leben ist ein Murmelspiel, und heute sind die Murmeln nicht mal bunt. Jirka beugt sich zu mir, sagt: "Jetzt wird gleich jemand rauskommen und uns bekanntgeben, daß wir zum Tode verurteilt worden sind." Dabei lacht er blöde. Ich find's gar nicht lustig, hab von Franz auch schon allerhand gelesen. Wenn man in die Mühlen des menschlichen Organisationsgeistes reinrutscht, kann man sich auf alles gefaßt machen. Endlich Verhör! Drei Polizisten führen Jirka ab, mich nehmen sich drei andere vor, einer in Zivil, der die wichtigste Position hinter dem Tisch eines kleinen Büros einnimmt.

"Wo sind Sie am 23. März gewesen?"

"Tja, schwierig zu sagen. Das war vor zwei Monaten. Ich glaube im Lager in Johannesbrunn."

Der Zivile ruft in Johannesbrunn an. Nach einer Weile legt er den Hörer auf. "Also das wird nichts mit dem Alibi... Der Lagerhausmeister sagt, daß ihr geht und kommt, wie es euch gefällt. Er kann unmöglich bestätigen, daß Sie an diesem Tag gerade dort gewesen sind."

Wir reden noch einige Minuten um den heißen Brei rum, bis er seine Trümpfe auf den Tisch legt: "Sind Sie es?" fragt er und schiebt mir über den Tisch ein Foto zu. Ich gucke das Bild an. Jessuschristus, wo haben die das her? Lucie! Auf der Aufnahme bin tatsächlich ich, nur in einer mir unbekannten Umgebung, auf einer Post oder etwas Ähnlichem: Ich stehe an eine Säule gelehnt und halte 'ne Knarre in der Hand - wie Wild Bill Hickock. Verzweifelt suche ich irgendwelche

90

Unstimmigkeiten, rufe mir mein Spiegelgesicht ins Gedächtnis, vielleicht ist es doch jemand anders vor mir auf dem Bild, der mir nur sehr ähnlich sieht, aber nein, das bin ich, ich bin's verdammtnochmal! Wo haben die mich fotografiert? Wie bin ich zu der Kanone gekommen?

Ich reiche ihm das Foto zurück. "Ja, das bin ich. Wo haben Sie es her?"

"Das hat die Kamera in einer Sparkasse aufgenommen. Sie haben sie am 23. März mit ihrem Freund ausgeraubt." Er zeigt mir ein zweites Photo. "Ist es ihr Freund?"

Ich atme erleichtert aus, den Mann kenne ich nicht. "Nein, das ist nicht Jirka, das sehen Sie doch selbst."

"Ja, langsam, langsam... eine gewisse Ähnlichkeit ist doch vorhanden. Und bei Ihnen ist sie eindeutig. Kann aber sein, Sie haben das mit einem anderen gedreht. Den finden wir schon", sagt der Beamte. "Also, wo haben Sie das Geld versteckt?"

"Glauben Sie mir, bitte! Ich war's nicht. Ich bin doch kein Räuber!" Den ganzen Abend beteuere ich meine Unschuld, bis die Beamten müde werden und mich aus dem Zimmer auf den Gang hinausführen. Ein Polizist wartet dort mit mir. Ein anständiger Junge, gibt mir sogar eine Zigarette. Mein Hirn läuft auf Hochtouren, als ob es ums Leben ginge: Wo war ich am 23. März? Aber meine Neuronen feuern umsonst - kein Anhaltspunkt, keine Spur einer Erinnerung. Ich versuche mich zu entspannen. Gehe von den Füßen bis zum Kopf meinen Körper durch, nehme die Kontakte der Haut zu der Kleidung wahr. Dann schlüpfe ich in den rechten Fuß, rolle nach oben, dann in den linken, Bauch, Brustkorb, der Kopf - die inneren Kontakte. Ich sitze, liege fast auf der Bank, angelehnt an die Wand. Bin ganz locker. Jetzt erst rufe ich mir wieder die Formel in den Kopf: "Dreiundzwanzigster März, dreiundzwanzigster März..." Wenn andere Gedanken aufkommen, lasse ich sie gehen, kehre zurück zu meinen zwei Wörtern, die meine innere Stimme zu jedem Ausatmen wiederholt, behutsam, ohne Anstrengung: Dreiundzwanzigster März...

Der Polizist zuckt nach seiner Waffe, als ich wie von Sinnen aufspringe und schreie: "Ich hab's!" Er glaubt mir, führt mich zurück ins Verhörzimmer. Der Zivilbeamte sitzt noch immer hinter seinem Tisch. "Die Woche um den 23. März wohnte ich bei Bekannten bei Vilsbiburg, ich habe dort mit meinem Freund Jindra einen Zaun gebaut. Wir haben die ganzen Tage bis zum Abend gearbeitet und dort auch geschlafen."

Der Polizist seufzt, ruft meine Bekannten an, ein älteres nettes Lehrerpaar aus Köln, das sich in Niederbayern ein Haus gekauft hat. Zum Glück sind die Deutschen ein ordnungsliebendes Volk, nicht wie wir Chaoten - in kurzer Zeit kann Frau Andersch mein Alibi mit Hilfe ihres Terminkalenders bestätigen.

Unsere Lage entspannt sich. Ein Beamter führt Jirka zu uns. Mein Verhörer sagt: "Aber ihr müßt zugeben, daß unsere Polizei ziemlich effizient arbeitet. Sie haben euch gleich nach dem Foto erkannt, haben euch beobachtet, Verstärkung angerufen und euch dann sauber festgenommen."

"Ja, sauber. Für uns ist es ganz schön wild zugegangen. Ich meine, bei so 'ner Aktion mit gezogenen Pistolen kann doch was passieren. Und dann stellt sich heraus, daß es ein Irrtum war."

Der Polizist lacht. "Ihr könnt noch von Glück reden. Ihr seid gesund davongekommen. Letztes Mal haben wir einen Verdächtigen in einer Bank überwältigen müssen, da hat sich später auch gezeigt, daß er unschuldig gewesen ist, nur haben ihm leider unsere Leute bei der Festnahme den Arm gebrochen."

Tja, was soll ich noch sagen, wenn er alles so lustig findet? Er führt uns zum Ausgang. Bevor wir abtreten, überfällt mich ein schrecklicher Gedanke. Ich drehe mich zu ihm. "Hören Sie, wie ist es eigentlich? Das Foto haben hoffentlich nicht alle Polizeistationen in der Bundesrepublik!"

Meine Frage belustigt ihn noch mehr. "Doch, klar haben es alle. Mensch, nach Ihnen wird bundesweit gefahndet! Wer weiß, was Ihnen zustoßen kann, wenn man Sie noch einmal irgendwo erwischt. An ihrer Stelle würde ich die nächsten Monate schön zu Hause bleiben. Auf keinen Fall würde ich in eine andere Stadt fahren. Also, alles Gute in Deutschland, Jungs. Und macht hier bei uns keinen Schmarrn! Daß wir uns nicht wiedersehen." Er geht weg.

Zurück in unserem Pennerheim fühlt man sich nach dem wilden Tag wie im Garten der kleinen Veronika. Jirka schläft, ich hab mir von einem der Penner eine Taschenlampe ausgeliehen, schreibe Dir diesen Brief. Was meinst Du, Lucie, werde ich Dich in diesem Leben noch sehen? Wirst Du es schaffen, irgendwann rauszukommen? Hast Du überhaupt noch Lust in den goldenen Westen zu ziehen? Liebe Lucie, wie all die anderen Schreiben an Dich, darf ich auch dieses nicht abschicken. Du kannst Dir denken, warum. Also hebe ich es für Dich auf. Ich werde Dir weitere Unmengen an Briefen kritzeln, jetzt, wo ich so viel Zeit habe, wo ich mich nicht auf der Straße blicken lassen kann. Irgendwann wird aber das neue Leben in Deutschland beginnen, obwohl hier irgendwo mein Doppelgänger mit seinen Gewalttaten weitermacht. Na, hoffen wir, die Bullen erwischen ihn früher als mich, und er kriegt lebenslänglich, daß ich endlich meine Ruhe habe.

Der einzige Besitz, den ich bei der Flucht aus der Tschechei gerettet habe, sind die drei Bücher von Fjodor Michailowitsch - *Der Idiot*, *Die Dämonen* und rate mal... ja, *Der Doppelgänger*. Vor dem Einschlafen werde ich in dem Büchlein noch etwas lesen (zum wievielten Male?). Ich muß herausfinden, wie es möglich ist, daß Dostojewskij schon alles vor mir erlebt hat. Lucie! Was tust Du jetzt? Schläfst Du? Allein?

Sommertage

Sie runzelt die Stirn, aber gleich darauf öffnet sie den Mund und lächelt. Nur für ein Weilchen. Bald formen die Lippen Pirouetten aus Konsonanten und Vokalen. Lautlos. Die Seiten bäumen sich ihr ungeduldig entgegen. Die rechte Hand beruhigt sie. Die Augen sieben die Wellenpakete der Zeichen durch das Netz der Neuronen, die aus diesem plumpen Material - ja, das glaube ich - erstaunliche Bilder bauen und nie dagewesene Geschichten spinnen. In der Frühe hat ihr die Morgensonne die Hand geführt und sie das leichteste Kleid im Schrank auswählen lassen, das dort während des langen Winters fast verkümmert war. Doch die Schöne läßt nicht die Sonne und den Sommerwind ihr luftiges Kleid durchwühlen, sie sitzt in diesem verstaubten Raum, umgeben von monströsen Bücherregalen, und liest. Mich dagegen spielte der erste heiße Tag des Jahres stundenlang hin und her wie einen Fußball. Dieser eine Tag enthüllt Philosophen als Idioten. Und ist es nicht lächerlich, nach dem Sinn des Lebens zu fragen, wenn Mädchen sich plötzlich entpuppen? All die vermummten Mädchen... Diese Troglodyten des Winters. Mit ihren Waden und Beinen und Schultern und Brüsten schwirren sie auf die Straßen aus und verwirren meine Blicke. Da stelle ich mir ganz andere Fragen.

Den ganzen Herbst, den Winter und den Frühling hindurch habe ich auf diesen Tag gewartet. Da liebt die Sonne wieder meinen Teil des Planeten. Sie macht den Starnberger See mediterran. Und die Musen kommen. Sogar Banausen wie ich werden an diesem Tag poetisch.

Aber was vermag Poesie schon gegen... ja, zum Beispiel gegen den Umzug in ein neues Stadtviertel? Eigentlich müßte ich in meiner neuen Wohnung die Bücher aus den

Kisten auspacken, Birnen einschrauben, eine Schlafecke vorbereiten... Aber an diesem Tag? Nachdem ich vormittags mit Freunden den Laster ausgeladen hatte, nahm ich mir die Fußgängerzone vor.

Stundenlang ließ ich mich vom Sommertheater in der Neuhauser Straße berauschen. Ich schwang fast harmonisch zwischen Hugendubel und Hugendubel, zwischen Stachus und Marienplatz. Erstaunlicherweise hat mich den ganzen Tag hindurch keines von diesen außergewöhnlichen Geschöpfen angehalten. Keine hat mir gesagt: "Jetzt lauf hier nicht so blöde rum, Mensch. Komm, ich zeige dir den Sommer von seiner schönsten Seite." Statt dessen packte mich plötzlich die Angst, an einem Sinnenschlag zu krepieren. Tschüs ihr sommernden Gesichter, ihr Dekolletés, ihr Miniröcke: Mir reicht's.

Ich fuhr mit der U-Bahn nach Hause, an den Stadtrand. Vormittags hatte ich einen kleinen Buchladen neben meinem Block entdeckt. Hoffentlich hatte er noch auf. Ich ging durch die offene Tür der Buchhandlung, und da saß sie, hinter einem bücherbeladenen Tisch neben der Theke. Kein Kunde hier, niemand außer ihr und mir. Ich blieb stehen und starrte das lesende Mädchen an.

Die Geschichte des Buches umhüllt sie wie eine Vision. Als sie nach der neuen Seite fiebert, huste ich. Ihr Kopf schnellt in die Höhe.

"Sie wünschen?"

"Hrabal, *Ich habe den englischen König bedient*."

"Ach, was für ein Zufall!.. Das lese ich gerade." Sie hebt das Buch, in das sie so vertieft war, und zeigt mir den Titel. Tatsächlich. Der englische König. Was für ein verdammter Zufall! Haben die Mädels am Ende doch meine Vorlieben entdeckt?

"Fantastisch", sagt sie, "diese slawischen Schriftsteller, die schreiben so bodenständig, so lebendig. Die Geschichten sind so prall, voller Blut... Und dieser Humor. Da können sich die deutschen Schriftsteller mit den tschechischen überhaupt nicht messen..."

“Ich bin Tscheche”, piepse ich.

“Wirklich? Ich habe mir so was gedacht, dein Akzent...”

“Leider bin ich kein Schriftsteller”, sage ich, “aber wenn du willst, dann werde ich einer. Für dich mache ich alles.”

“Ha, ha. Da ist es fast leichter, ein tschechischer Papst zu werden...”

Hier lache ich.

“...als ein deutscher Schriftsteller”, setzt sie fort, “...bei dieser Konkurrenz. Und vergiß nicht: Jedes schlechte Buch ist ein Verbrechen an der Menschheit. Möchtest du ein Massenverbrecher werden?”

“Ach was, ich bin nicht intelligent genug, um schlechte Bücher schreiben zu können. Eigentlich ist es eine gute Idee, mit der Schriftstellerei. Schon seit Jahren träume ich davon, mich ordentlich zu blamieren. Daß jeder Mensch auf der Welt mit dem Finger auf mich zeigt und sagt, der da, der hat die peinlichste Sache der Welt geschrieben. Ist die Blamage nicht das letzte noch verbliebene Tabu, das uns diese Acht-undsechziger-Clowns nicht geklaut haben? Ich möchte es brechen!”

Sie lacht und sagt: “Ich liebe Peinlichkeiten... Es ist mir schon unheimlich mit diesen ganzen Typen, die nur einmal in der Stunde was sagen,.. aber das ist dann richtig und gültig für alle Zeiten.”

“Ist das deine Buchhandlung hier?”

“Nein, von meiner Schwester. Ich studiere eigentlich noch, und hier helfe ich nur aus. Schwester und Schwager sind im Urlaub.”

“Was studierst du?”

Sie lacht. “Germanistik.”

“Tja, dann bist du hier im Laden gut aufgehoben.”

“Na, hoffentlich verstaube ich hier nicht wie die Bücher. Heute würde ich lieber irgendwo in der Sonne liegen.”

“Das kann man aufholen. Sag nur einmal, ja, und wir fahren am Sonntag an den großen See, wo Oskar Maria Graf geboren wurde.”

“Das muß ich mir noch überlegen. Ich weiß doch gar nicht,

ob dir *Ich habe den englischen König bedient* gefallen wird. Vielleicht haben wir nicht den gleichen Geschmack." Sie holt das Buch aus dem Suhrkampregal und reicht es mir.

Ich zahle. In der Tür drehe ich mich um. "Es wird mir bestimmt gefallen. Das schwöre ich."

"Mal sehen", sagt sie.

Ich hole noch einen Kasten Löwenbräu, um bei der abendlichen Balkonlektüre nicht zu weit vom Leben abzurücken. Im Vorzimmer stolpere ich über die schon ausgepackten Schuhe. Meine schwarzen Reeboks gucken mich verdammt traurig an, wie ausgesetzte Katzen. Ich schlüpfe in sie rein. Höre gleich den Ruf des nahen Waldes. Dann joggen wir eben ein bißchen vor dem Promille-Angriff. Der Truderinger Wald muß ein Jogger-Paradies sein. Ich werde meine Runde drehen - sieben, acht Kilometer, dann wird der Körper geläutert sein für den Suff.

Auf dem Waldweg glitzert noch das Wasser des vorgestrigen Regentages. Ich springe über die Pfützen wie ein Fohlen. Der Wald bereitet sich schon auf den Schlaf vor, keine Spaziergänger mehr hier. Ich konzentriere mich auf den Atem, langsam verfließen die Bilder des Tages. Vier, fünf Kilometer schon in den Beinen. Schweiß, mein unerbittlicher Freund, rinnt den Rücken runter, die nassen Haare klatschen in die Augen.

Ich komme auf eine Waldwiese, bin schon auf dem Rückweg. Etwas huscht am Rand meines Blickfelds vorbei. Mein Kopf schnellt herum. Etwa hundert Meter von mir entfernt tollt am Waldrand ein Hund herum. Ich sage Hund, doch von der Größe her schaut das Vieh mehr wie eine Kuh aus. Die Schnauze so wild, als ob er seit Jahren kein Fleisch mehr gesehen hätte. Wo ist sein verfluchtes Herrchen? Ist der Hund von zu Hause ausgerissen und wildert jetzt hier im Wald? Satt sieht das Tier nicht aus. Verdammte Scheiße! Nicht hingucken, nicht seine Aufmerksamkeit auf mich lenken. Ich laufe weiter. Oh, Gott! Was mache ich, wenn es so weit ist? Wenn ich sein wildes Hecheln in Schnappweite meines Hinterns höre? Was mache ich dann, verdammtnochmal? Schnell in den Wald rein, vielleicht kann ich dort auf einen Baum klettern... Der Wald umschließt mich wie ein Rettungsring. Oh, Gott! Diese verfluchten Tannen tragen die tiefsten Zweige erst vier, fünf Meter über dem Boden. Wie kann man an diesen kahlen Stämmen hinaufklettern?... Gottseidank kläfft und bellt es immer noch nicht hinter mir. Entwischt... Meine Arschbacken lockern sich wieder. Wahrscheinlich hat mich der Köter nicht mal bemerkt... In diesem Augenblick bin ich der dankbarste Waldläufer der Welt. Und da hallt das Hecheln plötzlich durch den Wald. So hechelt kein Hund, so hechelt ein Werwolf. Ich beschleunige auf mindestens sechzig die Stunde, die Bäume fliegen an mir vorbei, als ob ich beim Schifahren eine Piste runterflitzen würde. Im Galopp drehe ich den Kopf um. Die Bestie macht Riesensprünge, noch zwei, drei, dann beißt sie sich in mein kostbares Fleisch ein. Mutter! Vom Lauf aus springe ich die nächstbeste Tanne an und versuche, mich an dem kahlen Stamm hochzuhieven, in der Art eines Strommastkletterers. Mir fehlt die Ausrüstung, diese verdammten Eisenkrallen und ein Gürtel um den Stamm. Einen Meter über dem Boden bleibe ich hängen. Wie ich mich auch bemühe - ich krabbele da wie ein Käfer -, ich komme keinen Zentimeter höher. Bin erledigt, meine Arme machen nicht mit. Warum hat mich der verdammte Hund noch nicht hinuntergerissen? Ich schaue zum Boden. Da unter mir, zwei Meter von meinem Baum entfernt, sitzt der Köter auf den Hinterbeinen und guckt meinem Auftritt interessiert zu. Ja, leck mich am Arsch! Wo sind wir, im Kino? Ich rutsche hinunter und schrei das Vieh an. So aus der Nähe sieht das Aas verdammt jung aus. Nach meinem Gebrüll springt der Hund auf, dreht sich um und flitzt weg. Ich laufe nach Hause zu dem Löwenbräu-Kasten und Hrabal, um den Abend zu retten. Ein hundsgemeines Viertel ist das hier.

Die Sonne meint es ernst mit uns. Als ich in der Frühe die Jalousien hochziehe, lacht mir der neue Tag entgegen wie ein guter Freund. Sogar mit dem Bierkasten bin ich abends kultiviert umgegangen, nicht mal der Hauch eines Katers.

Wunderbar!

Im Michaelibad geht es noch wilder zu als gestern in der Fußgängerzone. Ich knalle mich mit ein paar Büchern und etwas zum Schreiben auf die Wiese und genieße das Treiben um mich herum.

Nachmittags packe ich meine Sachen zusammen und fahre zu meiner kleinen Buchhändlerin. Heute werde ich mir Erzählungen von Bukowski kaufen. Sie muß doch wissen, woran sie ist, bevor sie mit mir an den See fährt.

Ich mache die Tür des Ladens auf und spaziere rein. Alles genauso wie gestern: Sie sitzt hinter ihrem Tisch und liest, nur ein anderes Kleid trägt sie: Ich liebe blau. Sie hebt den Kopf vom Buch und starrt mich an. "Ah, der Hundebändiger", sagt sie. Plötzlich beginnt sie zu lachen. Was sage ich lachen! Sie heult und schüttelt sich in einem Lachkrampf, bis der blöde Hund von seinem Platz unter einem Bücherregal aufspringt und mitheult. Jetzt ist mir alles klar.

Ich trete auf der Stelle, die beiden lachen sich tot. Sie kann nicht aufhören, Tränen kullern ihr die hübschen Wangen hinunter, die Wangen entflammen ins Dunkelrot. Ihre Hände trommeln auf dem Tisch, ihr prächtiger Körper schüttelt sich hin und her, rauf und runter - eine Lachtänzerin. Sie stottert... sie bettelt mich in ihrem Geheul an: "Bitte, huuh, kannst du nicht später kommen? Bitte! Huuh!" Ich rette ihr das Leben und haue ab nach Hause. Jetzt sitze ich da, in dieser verfluchten Wohnung, nuckele an einer Flasche Löwenbräu und überlege, wieviel Blamage einer Frau noch imponieren kann...

Stahlstiche

Da stand er. Seine Erscheinung deckte sich mit meiner Erinnerung. Er musterte mich aus dem Türrahmen, sein schwarzer Vollbart noch immer schwarz, der alte Lodenmantel bis zu den Knien, die altersdunkle Ledertasche über der linken Schulter, in der rechten Hand das obligate Buch, eine vom vielen Lesen gekrümmte Gestalt. Die zwölf Jahre sind keine guten Krieger gewesen. Zwölf Jahre!

An ihm vorbei drängten schon die anderen drei Freunde in die ihnen unbekannte Wohnung. Der eiserne Vorhang war geplatzt wie eine Kaugummiblase, und jetzt besuchten sie mich endlich in München - mich, den Emigranten.

"Mein Gott, mein Gott!.."

"...nie geglaubt, daß wir uns noch sehen!.."

"...zwölf Jahre, ach du Scheiße!"

"...du lebst noch?"

"...bist fett geworden!"

"...und wo hast du dein Haar?"

"...halt den Mund!"

"...habt ihr endlich den roten Ameisen die Ärsche aufgerissen?"

"...diese Schweine!"

Václav, immer noch schüchtern, immer noch mit dem Buch in der Hand, sah sich im Vorzimmer um, während Jenda und Kanouš mit Flaschen klirrten und den Bodenbelag mit den schweren Bierkästen schrubbten - bis morgen nimmt jeder der Kästen zehn Kilo ab.

Umarmungen, Händeschütteln, Küsse. Wir belagerten den großen Eichentisch in der Küche, und Hanka öffnete fünf frisch aus Prag Importierte. Nach der sechstündigen Prag-München-Fahrt durch die Dezemberluft, die den löchrigen Škoda-Koffer zu einem Kühlschrank machte, prahlte der

Großpopowitzer Bock mit einer genialen Temperatur. Der erste Schluck zischte fast in meiner Kehle. Sie war heißgelaufen durch die Begrüßungen.

Die Geschichten hüpften über den Tisch wie Ping-Pong-Bälle, die Erinnerungen,.. auch die Toten zogen kurz an uns vorbei: Béda, der beste Mensch, den die Bullen vor acht Jahren in einem kleinen nordböhmischen Städtchen zu Tode geprügelt hatten, und die anderen, die scheinbar Toten - verschollene Gesichter.

Václav nuckelte vorsichtig an der Flasche. Auch hier der Alte. Drei Halbe waren immer seine Grenze gewesen, dann ab zu seinem Kafka und Dostojewskij - zu den Verfemten oder zu Capek - zu dem verspotteten Kleinbürger und zu Goethe und Stendhal und zu den ganz Alten: Dante, Shakespeare und Boccaccio - zu den Geduldeten, da lange vor Marx und Lenin gestorben.

Das Buch, das er vorhin in der Hand gehalten hatte, lag jetzt zu seiner Linken. Ich beobachtete, wie er immer schützend und rettend nach dem Umschlag griff, wenn er über dem Tisch eine gefährliche Situation schweben sah. So, als Hanka nach den Zigaretten langte, und ihr Bierglas sich in einem plötzlichen Anfall schüttelte und Schaum ausstieß. Seine Bücher! - sie haben ihm die Welt ersetzt, die wirkliche ist bei ihm zu einer lästigen Kulisse verkommen. Sein Respekt vor dem gedruckten Wort ist so grenzenlos gewesen, daß er sich nie traute, selbst etwas zu schreiben - er hat ja auch nie selbst gelebt.

Der Legende nach sei er in einer Bibliothek zur Welt gekommen: Seine Mutter habe dort gerade in Kafkas *Schloß* geblättert, als die Geburtswehen eingesetzt hätten, und so habe der Bibliothekar den Geburtshelfer spielen müssen. Von diesem Mann habe Václav bereits mit drei Jahren zu lesen gelernt.

Als ihm Hanka eine Zigarette reichte und ihm dabei zulächelte, registrierte ich den Rest einer Vertrautheit. Früher einmal ist sie von seiner literarischen Welt in ihren Bann gezogen worden; das Romantische berauschte sie, das

Exotische, das ihn so stark von den anderen unterschied, von den Maurern und Automechanikern und Fußballern und von uns, von den Biertrinkern, von unseren Gesprächen über Politik und Frauen, von unserem Kneipengequatsche. Wir hatten alle gelesen, aber keiner wie er.

Hanka und Václav hatten geheiratet. Jeden Monat erlebte sie, wie er seinen Lohn verbücherte. Seinen Rausch holte er sich in Antiquariaten. Statt Abendessen ein paar seltene Drucke und für seine Frau ein entschuldigendes Lächeln.

Sie mußte hart arbeiten in der sozialistischen Tschechoslowakei, um sie beide ernähren zu können. Die romantischen Abende: Er sortierte, suchte, las und streichelte - Bücher. Wegen einer seltenen Ausgabe der *Göttlichen Komödie* hatte er sogar italienisch gelernt, und außerdem Deutsch... wegen Kafka.

Und die Nächte! Nach der Lektüre litt er unter einem Mitteilungsdrang. Hanka schlief. Sie lag so reizvoll, so verlockend da - er mußte sie zu einem intellektuellen Monolog verführen. Am Morgen versorgte sie ihn mit dem Frühstück, legte ihn ins Bett und lief zum Bus, um rechtzeitig zur Schicht zu kommen. Nach zwei Jahren hatte sie sich von ihrem Intellektuellen scheiden lassen und den Lastwagenfahrer Kanouš geheiratet - der las nur Comics.

Jetzt waren alle da: Václav, Kanouš, Hanka und sogar Jenda, mein bester Freund aus Prag. Václav zündete sich eine Zigarette an, und plötzlich fragte er mich: "Roman, kennst du hier ein paar Antiquariate? Ich möchte mal fragen, was einige meiner Bücher wert sind."

Hanka mischte sich ein: "Der Blödmann hat nur Schulden. Statt ein paar Bücher zu verkaufen, hungert er lieber." Tja, wenn Václav einmal ein Buch erbeutet hatte, ließ er es nie mehr los. In seiner Wohnung stand kein Möbel, nur Stapel von Büchern, zwischen die er schmale Gänge gegraben hatte. Sie drehte sich zu ihm um: "Mein Gott, verkaufe hier etwas. Hier kriegst du für die deutschen Ausgaben viel mehr als in der Tschechei."

"Was ist es für ein Buch?"

Ich streckte die Hand nach seinem Schützling.

"Ich will nicht verkaufen", antwortete er, "nur fragen."

Er reichte mir das Buch. Ein vergoldeter Rücken. Ich machte es auf: *Wanderungen durch Schwaben* von G. Schwab aus dem Jahre 1837. Der Band enthielt dreißig Stahlstiche - ein hübsches Ding.

Ich holte aus dem Wohnzimmer ein paar Gemeinschaftskataloge deutscher Antiquare und schaute im Autorenregister nach: "Schwab..." Gleich im ersten Heft fand ich es: Katalogpreis 1750 DM. "Was hast du für das Buch in Prag bezahlt?"

"Tja, das ist schon lange her, aber ich glaube... um die zwanzig Kronen."

"Sauber." Ich zeigte ihm den Katalog.

"Das gibt es nicht, jessesmaria, soviel Geld, damit kann man in der Tschechei ein halbes Jahr leben."

"Wahrscheinlich wirst du nicht so viel kriegen", sagte ich.

"Bist du verrückt, Roman, ich verkaufe nichts. Aber wenn ich verkaufen möchte... würden mir schon fünfhundert reichen."

Ich klopfte ihm auf die Hand, die wieder auf dem Buch lag: "Und wenn du noch mehr als fünfhundert bekommen würdest, könntest du dir für den Rest in tschechischen Antiquariaten ein paar Bücher kaufen."

Augenblicklich wurden seine Augen konzentriert, seine Muskeln spannten sich, und - er erstarrte. Ein Raubtier, das seine Beute fixiert. Hanka begrub ihr Gesicht in den Handflächen. Nur noch ein paar Worte, und wir hatten ihn fest in der Hand: Er werde das Buch verkaufen, aber... nicht unter fünfhundert Mark. Selbstverständlich wollte er mich dabei haben.

"Das kannst du doch selbst machen", wehrte ich ab, "du sprichst auch deutsch, und ich bin zum Geschäftemachen völlig ungeeignet."

"Und ich?" rief er empört aus. "Die ziehen mir das Fell über die Ohren."

Da mußte ich ihm recht geben. Václav war zu Hause nicht

einmal in der Lage, sich die Monatskarte für die städtischen Verkehrsmittel zu besorgen.

Am nächsten Tag brachen wir etwas später in die Stadt auf als geplant - dieses verdammte Bier! Schwabing bereitete sich auf Weihnachten vor, die Leute strömten in Scharen die Leopoldstraße entlang. Kaufen macht doch mehr Spaß als Verkaufen. Und die Aussicht auf verschwitzte Antiquariate hob auch nicht gerade meine Katerstimmung.

Im ersten Geschäft wollte uns die Inhaberin nicht einmal zwanzig Mark geben. Als ich ihr den Katalog zeigte, lachte sie nur und schickte uns weg. Und so ging es weiter. Zum Teufel mit dem Buch. Ich Arschloch hatte ihn noch überredet zu verkaufen. Sollte er doch die verdammten Bücher fressen, wenn er so blöd war, sich wegen ihnen zu verschulden. Während ich im stillen grollte, genoß Václav den Nachmittag: In jedem Antiquariat, in das wir eintraten, stürzte er sich auf das nächste Bücherregal, als ob es ein Regal mit Goldbarren wäre. Kann man auf ein Kind böse sein? Die Verhandlungen überließ er mir und blätterte wie ein Wilder in verstaubten Bänden. Zuerst versuchte ich ihm gut zuzureden, um ihn aus dem Geschäft zu locken, dann wurde ich seiner Sturheit müde: Nach jedem ablehnenden Kopfschütteln des Geschäftsbesitzers packte ich Václav am Kragen und schleppte ihn nach draußen. Dem Antiquar lächelte ich dabei mit bedeutungsvollem Augenzwinkern zu. Sollten sich die Halsabschneider denken, was sie wollten.

Langsam war es an der Zeit aufzuhören: In München gab´s kein Geld mehr für Bücher. Diese verfluchte Wirtschaftskrise... Nichts zu machen - noch zwei, drei Läden und dann Schluß. Die Aussicht, das Scheißbuch nicht verkaufen zu müssen, hob Václavs Stimmung. Soll man sich für einen solchen Idioten die Füße wundlaufen?

Das nächste Geschäft sah ziemlich solide aus, im Schaufenster lagen Bücher über tausend Mark und hingen teure Drucke, Lithographien und verschiedene Graphiken. Wir traten ein. Das Innere strahlte eine sonderbare Gemütlichkeit aus, zwar protzte der Laden mit Büchern wie die anderen, doch hier schien alles ein bißchen anders zu sein. Als ob man hier nicht in einem Geschäft wäre, sondern bei einem Bücherliebhaber, bei einem begeisterten Sammler. Sogar Václav schien es zu bemerken: Statt sich wie üblich gleich die Bücher vorzuknöpfen, marschierte er direkt in die Mitte des Raumes, wo sich eine Frau gerade vom Stuhl erhob. Sie konnte um die dreißig sein, war nicht direkt eine Schönheit, die Gesichtszüge stachen etwas zu kantig heraus, doch ihre Augen waren wunderblau und so groß, daß einem die Haut anfing zu jucken, wenn sie einen anschaute. Außer uns war niemand da.

"Guten Tag", sagte Václav. Er blieb vor ihr stehen und starrte direkt in ihre wilden Augen, aber nicht, wie ein Kaninchen eine Anakonda anstarrt, sondern mehr, wie sich zwei Kaninchen verschiedenen Geschlechts nach einer langen Trennung anstarren. Oder zwei Anakondas. Je länger sie so stumm da standen, um so mehr richtete sich sein krummer Rücken auf - die Frau pumpte ihn zu einer beängstigenden Größe auf. Nach einer Weile wurde es mir zu blöd. Ich hustete laut. Beide schauten mich böse an. Ich ging hart ran: schob Václav zu einem Regal, wo auf ihn sein Spielzeug wartete und zeigte der Frau das Buch. Sie blätterte es durch, sagte dann, daß sie die Stiche durchzählen müsse, ob nicht etwas fehle. Würden wir so lieb sein und es da lassen und in zwanzig Minuten vorbeikommen? Mein Freund überraschte mich: Kampflos überließ er ihr das verflixte Buch, lächelte sie kurz an - sie gab ihm das Lächeln zurück -, und dann trottete er hinter mir aus dem Laden auf die Straße, gehorsam wie ein Hündchen.

Genau zwanzig Minuten später standen wir wieder in der Buchhandlung. Kurz vorher hatte er mir schwören müssen, daß er sich nicht in die Verhandlungen einmischt. Die Antiquarin bot uns ohne Umschweife fünfhundert Mark. Ich zeigte ihr den Katalogpreis, aber sie sagte, das würden wir nie bekommen, die Preise an der Börse seien immer viel höher angesetzt. Ich wollte die Chance nicht vermasseln und verlangte nur einen Tausender. Nach fünf Minuten landeten wir bei achthundert Mark, das gefiel uns allen. Václav steckte das Geld in die Tasche, und sie lud uns auf eine Tasse Kaffee ein. Mir war klar, wer mit der Einladung gemeint war. Ich entschuldigte mich, daß ich noch etwas erledigen müsse, er aber könne ruhig dableiben.

Unser Bücherfreund kehrte erst am späten Abend nach Hause zurück, sein Gesicht strahlte wie eine Röntgenquelle. Zuerst wollte er uns keine Einzelheiten verraten, nur, daß er sie morgen wieder treffen wolle. Dann trank er ein Bier, und die Worte flossen ihm nur so von den Lippen, als ob die Flüssigkeit sie aus seinem Inneren herausdrängte: Sie sei so klug, liebe die Bücher wie er, wisse alles über sie, mit ihr könne er bis zu Ende seines Lebens reden. Na, Gott bewahre sie! dachte ich mir böse, aber wir freuten uns alle für ihn: Vielleicht hatte er doch endlich jemanden getroffen, mit dem er sich verstehen würde, vielleicht war sie so wie er, vielleicht hat er noch eine Chance im Leben, mit einer Frau...

Am nächsten Morgen verschwand Václav und kam erst vor Mitternacht zurück, noch begeisterter als am Abend zuvor, noch souveräner, in nur zwei Tagen völlig verwandelt. Als er in der Frühe ins Badezimmer ging, rezitierte er sogar laut: "Als Gregor Samsa eines Morgens aus unruhigen Träumen...", womit er uns alle aufweckte.

Am letzten Tag seines Aufenthaltes habe seine kleine Buchhändlerin, wie er uns sagte, keine Zeit, weil sie wichtige Kunden erwarte und verschiedene Verabredungen hätte. Sie hätten aber abgemacht, daß er nächsten Monat Urlaub nehme und für zwei Wochen nach München komme. Alles schien auf dem besten Weg zu sein.

Am Tag der Abreise begleitete ich die Freunde vormittags in die Stadt. Die letzten Einkäufe. Václav wollte noch von seiner Freundin kurz Abschied nehmen. Also fuhren wir zum Antiquariat. Als er in der Tür stand und hineingehen wollte, rief Jenda: "Guck mal, da hängen doch die Stahlstiche aus deinem Buch." Und tatsächlich, fünf von den Grafiken, sauber ausgeschnitten, frisch eingerahmt, hingen im Schaufenster an der Hinterwand.

Václav sagte: "Quatsch, sie würde ein Buch nie kaputt machen, das müssen andere Bilder sein."

Dann sah er die Stiche.

In meinem Bauch breitete sich ein unangenehmes Heißgefühl aus. Václavs Züge verhärteten sich - er sackte in sich zusammen. Eine Weile blickte er starr in das Schaufenster, wir alle standen still. Er drehte sich um und ging weg; weg von dem Laden: allein, die Schultern hängend, der krumme Rücken - der alte Freund, wie wir ihn kannten. Sollte das alles sein? Sollte tatsächlich sein verdammtes Leben von einem blöden Buch abhängen? Ich hätte heulen können. Kurz dachte ich daran, ihn mit Gewalt zurückzuholen, ihm zu erklären, hier seien die Bücher nur Ware, wie alles andere; die Frau könne doch nichts dafür, sie müsse sich auch irgendwie ernähren, und sie liebe die Bücher, egal ob sie sie zerschneide oder nicht. Ich wußte, es würde zu nichts führen - er war ein verdammter Bücherfetischist und... unser Freund.

Wir gingen ihm langsam nach. Nach ein paar Schritten hörte ich hinter mir: "Hallo, warten Sie!.."

Ich drehte mich um.

Da stand sie, auf dem Fußgängerweg vor ihrem Laden, die Frau seiner Träume, und fragte: "Wo geht Václav hin?"

"Er meldet sich bei Ihnen, er muß dringend etwas erledigen", log ich, ließ sie stehen und holte meine Freunde ein. Von der Kreuzung aus schaute ich mich um, sie stand noch immer da, vor ihrem Geschäft und betrachtete das Schaufenster, ihr Werk.

Václav sprach bis zu der Abreise kein Wort mehr. Seitdem sind drei Jahre vergangen, er hat mich nicht mehr besucht. Er sitzt dort in Prag in seiner engen Wohnung, umgeben von Tausenden verstaubter Bücher in allen Sprachen der Welt, und vielleicht träumt er manchmal... manchmal in den Pausen, wenn er für eine Weile seine Augen vom Papier hebt.

Die dritte Klogeschichte

Der tschechische Grenzschutzbeamte mustert meinen blauen deutschen Asylpaß und sagt: "Mein lieber Herr, Sie brauchen ein tschechoslowakisches Visum."

"Geht's nicht ohne?"

"Haben Sie Angst, daß Sie mit den deutschen Behörden Probleme kriegen?"

"Tja, man weiß nie..."

"Okay. Fahren Sie weiter. Wenn Sie jemand fragt, wie Sie reingekommen sind, sagen'S ruhig, ich hab Sie reingelassen. Ich wünsche Ihnen einen schönen Aufenthalt in der alten Heimat."

Oh, Gott! Endlich bin ich im Land meiner Träume. Mann, sind die cool geworden, die tschechischen Bullen. Lang lebe die samtene Revolution! Nach zehn Jahren Exil zittern mir noch immer die Knie, wenn ich die grüne Larve eines noch vor kurzem sozialistischen Ordnungshüters sehe. Ein Scheißkomplex. Dabei haben auch diese Typen entdeckt, daß grün die Hoffnung ist. Sie lachen wie du und ich. Wunderbare grüne Menschen!

Mann! Ein Traumland! Keine roten Fahnen mehr entlang der Straße, keine Banner, keine Sterne, nur Grillwurst und Becherovka... Kapitalismus pur. Super die Wurst! Durchgeknallt bis ins Schwarze mit den schmackhaften polycyclischen Kohlenwasserstoffen... Senf zergeht auf der Zunge wie Kaviar - noch gute alte Benzoesäure drin. Lauter gesunde Sachen, dazu eine Riesen-Cola - Mahlzeit für Feinschmecker.

Ein kleiner zerlumpter Zigeunerjunge macht sich an mich ran, zeigt mir ein abgegriffenes Foto. "Mann, willste meine Schwester bumsen, ist Jungfrau, richtig schöne Titten..."

"Vielleicht bei der Rückkehr, Junge, jetzt muß ich diese

vier samtenen Bratwürste verdauen. Verstehst du? Bewegung gefährlich! Bauch voll!"

"Ist das dein Wagen, Mann? Biste aus Deutschland? Haste 'nen Joint?" fragt mich der zehnjährige Knirps.

"Na, du bist mir schon ein Genießer, mein Junge. Verstehe, du möchtest auch dein Bewußtsein erweitern. Da, kauf dir lieber was zum Knabbern." Ich gebe ihm einen Fünfzigkronenschein und zwinge meinen Bauch mit den vier Grillwürsten hinters Lenkrad. "Mach's gut. Kleiner." Ich haue ab. Der Zigeunerjunge hüpft noch ein Weilchen im Rückspiegel herum. Seine zwei Finger zeigen das Siegeszeichen. So ist's richtig, Mann...

Gottseidank ist es schon dunkel, als ich Prag erreiche. Genug Eindrücke für heute, sonst vergehe ich in Flammen... bin verdammt nahe an der kritischen Masse: Der gute Bulle, die prima Wurst. Wenn dazu noch das Erlebnis - Prag unter Sonnenstrahlen - käme... nein, das wäre zuviel auf einmal.

Zizkov! Seit zehn Jahren habe ich meine Schwester nicht gesehen. Was für eine Überraschung! Das Brüderchen steht vor der Tür mit den ganzen Plastiktüten... wie der Onkel aus Amerika... Ihr werdet schauen, ihr armen Schweine! So gut geht es uns im Westen... Ihr hättet eure Revolution schon vor zehn Jahren machen sollen. Jetzt werdet ihr ihn erleben... den Bruder... Jetzt werdet ihr sehen, wie der alte Hippie im goldenen Westen zur Vernunft gekommen ist, der verlorene Sohn...

Klingeling... Der Schwager macht auf, hinter ihm lugt die Schwester, die Kinder. Kuß, Kuß, Kuß, Kuß... Ich rausche mit den Tüten in die Wohnung... Raus mit den Geschenken. Wie in dem Film *Captain Cook und die armen Wilden*. "Da, du Schwager, da hast du 'ne feine ungarische Salami und Rasierwasser... For Men Only... verstehst du, Mann, das ist Englisch. Nur für Männer, heißt es, Mann, verstehst du, Rasierwasser!... Und da Schwesterchen, da ist ein Parfüm direkt von Dior und Seife auch, selbstverständlich... Wasser habt ihr grade noch im Sozialismus... Ha, ha... pardon, jetzt im Kapitalismus... und da, siehst du die Bluse, direkt von

C&A... ein feines Geschäft. Ja, ja, da ist was für die Kinder, für die kleinen Jungs... verdammtnochmal, so klein seid ihr auch nicht mehr, einer zwanzig und der andere achtzehn. Da, nehmt, Ritter Sport. Da sind zwei Tüten voll Schokolade. Schokolade ist bei uns im Westen billig. Nicht traurig sein, Jungs, über Schokolade und Kaugummis. Da, eine Schallplatte... *Hotel California* von den Eagles und da noch die guten alten Led Zeppelin... Hier in den Tüten sind noch ein paar Kleinigkeiten, Leute, was zum Knabbern, Kaffee und Nüsse von Aldi... nur gute Sachen. Feinster Import aus'm Westen!

Wir hocken uns an den Tisch. Schwager knallt mir einen kühlen Großpopowitzer Bock vor die Nase. Schmeckt phantastisch nach der Wurst. Erzähle stundenlang. Bin Held des Tages, der samtene Emigrant... Go West, Leute! Alle schlackern mit den Ohren vor Neugier, nur nichts verpassen von meinen Heldensagen. Machen Augen wie die sieben Zwerge auf das Schneewittchen. Ich rede, sie schweigen... So ist's auf der Welt gerichtet, Leute. Nicht jeder kann Bescheid wissen. Hört gut zu, der Bruder hat die halbe Welt bereist.

Pause, Leute. Die gute Grillwurst liegt mir schwer im Darm, die muß raus. "Klar. Ich weiß noch, wo das Klo ist."

Ein Jahrhundertschiß! Zufrieden taste ich nach Klopapier. Vorsicht! Die Kloschüssel wackelt ein bißchen. Mist! Leben die immer noch im tiefsten Sozialismus? Klopapier scheint weiterhin Engpaßware zu sein. In einer Schachtel hinter der Muschel entdecke ich endlich etwas - aufgeschnittenes Zeitungspapier. Nur ein paar Blättchen liegen da - Stücke eines halbseitigen Zeitungsporträts. Ich lege das Puzzle vor mir auf dem Boden zusammen. Sieh mal... Mann, wen haben wir denn da? Vaclav Havel, unseren neuen Burgherren. Also... nein, das werde ich nicht übers Herz bringen, mir den Arsch mit dem Bild des Dichterpräsidenten abzuwischen. Ich bin doch ein Kulturmensch. Hab auch Sinn für symbolische Handlungen. Mit dem alten KP-Generalsekretär Husak habe ich es gern gemacht, aber mit unserer neuen Hoffnung... nicht doch. Verdammtnochmal, was tun? Kein unschuldiges Stück Papier im ganzen Badezimmer. Keine Bange! Der Westmensch kann sich immer helfen. Ich ziehe an der Spülung, hocke mich auf den Wannenrand, so daß mein Arsch weit über den Rand wackelt wie ein Wasserturmspringer. In die linke Hand nehme ich die Duschebrause, ziele zwischen meine Backen. Mit der rechten packe ich die Seife und drehe den blauen Wasserhahn auf. Der Wasserstrahl hebt mich in die Luft wie ein Katapult. Heulend sause ich durch das Badezimmer. In dem Wasser könnte man ein Suppenhuhn kochen... meinen Sack, den der Strahl mit voller Wucht erwischt hat, übrigens auch. Die Dusche entreißt sich meiner Hand - in einem unheimlichen Rhythmus schlängelt sie sich an den Wanne- und Zimmerwänden und versprüht weiter kochendes Wasser. Ich lande auf dem Kachelboden, schlage mit dem rechten Ellbogen an der Klomuschel auf. "Auuh..." Die Seife schlüpft wie ein flinkes Tierchen aus meiner Hand und hop, rein in die Kloschüssel. Oh, Scheiße, wenn das Ding das Abflußrohr verstopft, gibt es hier im Haus eine Riesenschweinerei... Ich kenne doch diese alten sozialistischen Häuser... Trotz der heißen Wassergeschosse aus dem immer noch feindlich eingestellten Duscheschlauch, hechte ich zu der Kloschüssel und fahre mit der wunden rechten Hand in sie rein. Ja, ich halte dich, Seife! Aber nur eine Sekunde... Ich falleee!.. Dann halte ich in der Luft die ganze Muschel. Bin auf dem glitschigen Boden ausgerutscht, umgekippt und hab die wackelige Schüssel aus dem Boden rausgerissen - auch mit der Wurzel. Aus dem Abflußrohr kommt das Wasser wie aus einem Feuerwehrschlauch, zwar nicht mehr so heiß wie das Duschwasser, dafür aber auch nicht so klar. Endlich stehe ich wieder fest auf den Füßen. Ich packe die Brause, drehe den Kaltwasserhahn auf, den roten, und spritze mir die Scheiße aus den Haaren. Das Abflußrohr hat sich inzwischen beruhigt. Ich dusche meine Kleidung einigermaßen sauber, mache das Wasser aus und wate zu der Tür. Jetzt gibt's Klopapier überall.

Draußen vor dem Badezimmer hat sich inzwischen die ganze Familie versammelt. Ich lasse die Tür auf. Sie schauen mich mit aufgerissenen Augen an, dann betrachten sie das, was vor kurzem noch ihr Badezimmer war. "Was hast du da gemacht?" fragt mich meine Schwester.

"Geschissen!" sage ich und hole mir aus der Küche meine Bierflasche. Schweigend betrachten wir gemeinsam den Platz der Zerstörung.

"Ja! Geschissen wie im Westen...", sagt der Schwager. Sie gucken von mir zum Badezimmer und wieder zurück, ihre Lippen zucken zuerst nur, aber dann fangen sie an zu lachen... der Schwager, die Schwester und die beiden Jungs. Ach was lachen... sie heulen wie Hunde, halten sich die Bäuche vor Lachen und schütten mir ihre Lachtränen vor die Füße. Ich stehe da wie ein Wassermann, stinke nach Scheiße und trinke seelenruhig mein Bier.

Inhalt

Anmerkungen:
Als ich zu trinken aufhörte erschien erstmalig in *Am Erker* 31, *Auch im Westen nichts Neues* in *dandelion* 5, *Go West!* in *Der Störer* 14, *Stahlstiche* in *Literatur in Bayern* 36, *Die dritte Klogeschichte* in *Hundspost* 1/96.

Bedanken möchte ich mich bei Susanne Habel für die hervorragenden Korrekturen. Auch den anderen Freunden, die hin und wieder meine Texte nachlesen, und meine grammatischen Abenteuer dudenkompatibel machen, gebührt mein Dank: Klaus Pemsel, Doris und Kai Schubert, Ursula Kreusel, Sven Klingel, Marc-Denis Weitze. Ohne Euch... Na, ja, sparen wir uns jetzt die großen Worte. Isabel Rox und Olli Bopp sei Dank für ihre Mühe mit mir und diesem Buch. Außerdem hat mir Olli meine Stadt - München - bei Nacht gezeigt. Besuche mich bald wieder, Olli! Möchte den Rest der Nachtlokale hier kennenlernen. Dank gebührt auch meinem Freund Frank Duwald für seine literarischen Tips. Frank ist ein Literaturkenner. Wenn es ihn nicht gäbe, hätte ich zwar nicht so hohe Telefonrechnungen, dafür aber ein trauriges Leben.

Den Umschlag und die Titelseite hat **Libor Beránek** entworfen.

Libor Beránek, geboren 1965 in Prag, ist Graphiker, Zeichner, Buchgestalter und Buchillustrator. Er studierte an der Hochschule für angewandte Kunst in Prag (HAK). Zur Zeit ist er an der HAK als Assistent im Atelier für Illustration und Graphik tätig. Zahlreiche Buchgestaltungen, Ausstellungen und Auszeichnungen. Unter anderem wurde er ausgezeichnet mit dem Walter-Thiemann-Preis (Deutschland 1996) und mit der silbernen Medaile der Stiftung Buchkunst: International competition "Best designed books from all over the world" Leipzig / Deutschland 1996.

Leseprobe aus dem Roman
Mährische Rhapsodie
von Jaromir Konecny

Ich hockte im *Bohemie* mit ein paar Leuten. Mitten in die Unterhaltung platzte ein stark behaarter Typ rein, mit Kants *Kritik der reinen Vernunft* unterm Arm.

"Menschenskinder!" schrie er. "Ein UFO hat mich entführt! Ein UFO aus einer anderen Galaxis."

"Spinnst du, Pankácek?" sagte Šoustek. "Es gibt keine UFOs, sonst wären die schon längst in der Glotze gewesen."

"Das ist die höchste Geheimstufe, Mann!", brüllte der Typ. "Die Russen wollten mit den Außerirdischen Kontakt aufnehmen, über den ersten Kosmonauten Gagarin. Doch die Aliens haben Gagarin nicht mehr zurückgebracht. Ist doch klar: Sie konnten sich mit ihm nicht verständigen, weil er nur russisch konnte."

"He!.. So 'n Blödsinn! Und wie sprichst du mit ihnen?"

"Ich? Telepathisch doch! Wie willst du mit den Aliens sonst sprechen? Wenn du mir aber nicht glaubst, kann ich dich leicht überzeugen. Am Donnerstag wollen sie mich wieder besuchen. Wetten wir?" Pankácek wettete mit Šoustek um drei Flaschen Wodka, dass er am Donnerstag um 16 Uhr vor dem *Bohemie* mit einem UFO landen würde.

Am Donnerstag warteten vor der Kneipe an die zwanzig Leute. Um 16 Uhr erschien Pankácek mit drei Flaschen Wodka unterm Arm und ohne UFO. "Die dürfen sich hier nicht mehr blicken lassen", sagte er. "Gagarin ist ihnen entwischt. Und jetzt haben sie die Russen am Hals."

"Und warum stand nichts darüber in der Zeitung", fragte Šoustek, "dass die Russen Gagarin wieder gefunden haben."

"Die Russen mussten Gagarin killen, du Blödmann, weil er zu viel wusste."